9클래스 소드 마스터

WISHBOOKS FUSION FANTASY STORY

이형석 퓨전 판타지 장편소설

9클래스 소드마스터 7

이형석 퓨전 판타지 장편소설

초판 1쇄 찍은 날 | 2019년 12월 9일
초판 1쇄 펴낸 날 | 2019년 12월 16일

지은이 | 이형석
펴낸이 | 예경원

기획 | 위시북스
편집책임 | 이은송
편집 | 위시북스

펴낸곳 | 예원북스
등록번호 | 제396-2012-000132호
등록일자 | 2012. 7. 25
KFN | 제1-495호

주소 | 경기도 고양시 일산동구 호수로 646-24 위너스21॥빌딩 206A호 (우)10401
전화 | 031-819-9431 팩스 | 031-817-9432
E-mail | yewonbooks@naver.com

ISBN 979-11-365-0672-6 04810
      979-11-6424-597-0 (set)

9클래스
소드 마스터
WISHBOOKS FUSION FANTASY STORY
이형석 퓨전 판타지 장편소설
7
Wish Books

CONTENTS

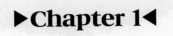

▶Chapter 1◀

"그렇게 막무가내로 일을 처리하시면 어떻게 합니까. 고든 경께선 분명 제게 이번 일을 맡긴다고 하지 않으셨습니까."

"야만족 여자에게 겁먹어서 아무 말도 못 한 주제에. 이제 와서 어린애처럼 나한테 떼라도 부리는 거냐?"

"아니…… 그건……."

고든의 신랄한 말에 티렌은 아무런 대답을 하지 못했다. 그는 스스로를 아둔하지 않다고 생각하고 다른 이의 평가도 그를 영리하다 여겼다. 사실 이런 세간의 평가는 신출내기에 불과한 그를 낮춰 생각하는 것일 뿐 시간이 흐르고 나면 불세출의 천재라고까지 평가되는 그였다.

하지만 문제는 시간이었다. 지금은 산전수전을 다 겪은 티렌 맥거번이 아닌 이제 막 정계에 진출해 황제로부터 첫 임무를 받은 초짜일 뿐이었다.

"거친 야만족 중에서도 정점에 선 여자다. 실력이든 뭐든 그
런 걸 떠나서 성깔 하나는 있어 보이더군."

"고든 경은 한 번도 본 적이 없습니까?"

"보기는 했지. 하나 나와 인연이 있는 디곤의 족장은 그녀가
아니라 그녀의 어미다. 지금 족장은 열 살도 안 된 꼬마였던 시
절에 봤던 게 단데……."

고든은 심드렁한 표정으로 말했다.

"저렇게 싹수없게 컸을 줄은 몰랐지."

그러고는 낮은 한숨을 내쉬면서 티렌을 향해 손을 저었다.

"너와 함께 있으니 나까지 물러지는 것 같군."

그의 말에 티렌은 얼굴을 붉혔다.

"1황자와 2황자가 모두 남부행을 중단했다. 남은 일행은 우
리뿐이라는 말이지."

"……."

"급할 건 없다. 하지만 이대로 시간을 질질 끌게 되면 그건
그것대로 문제다. 너는 최소한 제국으로 들고 갈 뭔가를 남부
에서 얻어야 할 거야."

티렌은 고개를 끄덕였다.

"알겠습니다."

탈칵-

그가 집무실을 나간 것을 확인하고서 부단장인 제이건은 고

든에게 물었다.

"단장님은 어째 티렌에게만은 친절한 것 같습니다."

"난 다른 사람에게도 친절한데? 제국과 꿍꿍이를 벌이고 있을지도 모르는 녀석도 죽이지 않고 옆에 놔두고 있잖아."

고든은 제이건을 향해 손가락으로 그의 목을 긋는 시늉을 하며 말했다.

"아니……. 뭐……."

일전에도 말했다시피 이미 그의 행동을 알고 있다는 듯한 고든의 말에 제이건은 간담이 서늘한 기분이었다. 그럼에도 불구하고 고든이 자신을 내치지 않았던 것을 보면 그가 했던 말이 진심이라는 것도 알 수 있었다.

"네가 용병단을 물려받게 되면 뭘 하든 상관없지만 네가 원하는 황자가 아니라고 대충하진 마라."

"그럴 일 없습니다."

"내가 시킨 일은? 귀족 아들내미나 고귀한 교단 출신 인간들은 할 수 없는 일일 테니까."

"열흘 전부터 조사하고 있습니다. 아마……. 오늘 중으로 돌아올 겁니다."

"흐음."

고든은 제이건의 말에 고개를 끄덕였다.

"다시 만날 땐 난 함께 가지 않을 거다. 열 받긴 하지만 여왕의 말이 맞다. 이건 제국과 남부의 문제지 교도 용병단과의 문제가 아니니까."

"물론입니다."

"하지만 그렇다고 같잖은 녀석들의 페이스대로 움직여 주는 건 내 성미에 안 맞는 일이란 건……."

"제가 더 잘 압니다."

제이건은 고든을 바라보며 자신 있게 말했다.

용병에겐 용병만이 할 수 있는 방식이란 것이 있으니까.

보름이 지났다.

크로멘 황자는 그 뒤로 몇 번이나 더 디곤을 찾아갔지만 제국의 황자라는 이름이 창피할 정도로 야만족에게 문전박대를 받았다.

"1황자님께서는 현재 아지프 경의 영지인 브레라도에서 요양 중이시라는 군요."

용병의 전서구를 받은 제이건이 더위를 먹은 듯 지친 크로멘에게 보고했다.

"형님께서……. 정말 돌아가신 건가."

"글쎄요. 퇴군을 했다고는 하지만 그래도 절반 가까이 병력이 남아 있으니……. 브레라도에서 군사를 재정비할 가능성도 있습니다."

"남부로 오시겠죠?"

크로멘의 물음에 그저 묵묵히 황자를 보좌하기만 하던 케플란조차 이대로는 해결이 되지 않는다고 생각을 했는지 낮은 한숨을 내쉬었다.

"2황자님은 베스탈 후작령에 계시는 걸로 확인이 되었군요. 아직 제국으로 돌아가시진 않으신 것 같습니다만……. 보고에 의하면 남부로 향하는 가도에 샌드 서펀트가 있답니다."

"서펀트요?"

"네. 이례적인 일이네요. 남부의 서펀트라면 구릉의 주인이라 불리는 마물일 텐데……. 그 녀석이 왜 구릉을 벗어나 가도에까지 나왔지?"

제이건은 고개를 갸웃거렸다.

"어쨌든 1황자님도 2황자님도 모두 서펀트 때문에 곤란을 겪으셨네요. 이것 참, 누가 조종을 하는 것도 아니고……."

그 순간.

제이건의 말을 듣던 유린 휴가르가 황급히 되물었다.

"서펀트? 루온 황자님은 트윈 아머의 병력에 막혀 회군하신 것이 아닌가?"

"맞긴 합니다만. 본진의 후방에 있던 포나인 강에서 수왕이 튀어나왔다는군요. 게다가 그 전장은 해왕까지 있었다네요. 완전 난리도 아니었을 것 같은데……."

그는 쪽지를 가볍게 흔들며 말했다.

"포로만 절반이 넘게 잡혔으니 1황자님도 마음 편히 제국으로 돌아가시기엔 좀 껄끄러우실 겁니다. 아차, 지금 이 말은 저희끼리만 한 거로."

행여나 트집 잡힐까 제이건은 검지로 입술을 가리며 능글맞게 말했다.

하지만 그곳에 있는 사람들은 그처럼 여유로운 표정이 아니었다.

"수왕에다가 해왕……?"

특히나 유린 휴가르는 제이건의 보고에 둔기로 뒤통수를 세게 맞은 듯한 멍한 표정을 지으며 중얼거렸다.

'그놈이다. 카릴……!! 그놈이 무슨 수를 쓴 게 틀림없어. 제길……. 거기서 살아 돌아왔을 때부터 이상했어.'

후회해 봤자 소용없었다.

누굴 탓하랴. 애초에 수왕과 해왕의 생사를 확인할 용기가 그에게 없었던 것을.

'그놈이 두 마물을 정말 길들인 건 아니겠지? 아니, 설마……. 샌드 서펀트까지?'

유린은 고개를 저었다.

이따금 고블린 술사와 같이 인간이 특수한 마법으로 마물을 길들이는 자들이 있긴 하지만 그건 하급 마물에 국한된 것이다.

S급 몬스터로 평가되는 괴물을 하나도 아니고 셋을 자신의

마음대로 할 수 있다?

'불가능해. 우연이겠지······.'

그는 그렇게 생각했지만, 제국에서부터 오는 동안 카릴에 대한 막연한 불안감을 지울 수 없었다.

"뭔가 짚이는 거라도 있으십니까?"

티렌이 그의 표정을 보고는 물었다.

"음? 아닐세. 아무것도."

굳은 표정으로 고개를 저으며 유린이 대답했다.

'젠장······ 여기 있지도 않은 사람 때문에 지레 겁을 먹다니. 어차피 그 인간은 지금 타투르에 있을 텐데. 쓸데없는 걱정이야.'

그렇게 생각이 들자 그는 그제야 낮은 한숨을 내쉬며 마음을 진정시켰다.

"으흠, 쉽지가 않군요."

케플란은 살짝 고개를 저으며 중얼거렸다.

"······송구합니다."

그 날 이후.

밀리아나와의 만남을 청했지만, 오늘로 네 번째 거절을 통보받고 나자 티렌은 의기소침한 목소리로 말했다.

"허허, 티렌 군이 사과를 할 일은 아닙니다. 아무리 번뜩이는 계책이 있더라도 일단 사람을 만나야 가능한 일이지 않겠습니까."

하지만 케플란의 말에 오히려 티렌은 면목이 없다는 듯 입술을 깨물었다.

아무것도 하지 못하고 아무런 계책도 내지 못하고 있는 자신을 스스로 용납할 수 없었다.

궁정마법사인 카딘 루에르의 제자가 되어 아카데미 수석까지 차지했던 그였다.

하지만 막상 야만이라는 힘 앞에서는 그 안에서 배운 것들이 모두 소용이 없었다.

'도대체 무얼 하고 있는 거냔 말이다.'

꽈악-

그는 입술을 깨물었다.

'밀리아나를 만나야 한다. 아니, 최소한 디곤의 영역에 들어갈 수 있어야 해.'

티렌은 그녀가 크로멘과의 만남을 거절하는 이유를 충분히 감을 잡을 수 있었다.

'폐하가 교단에 자리를 비운 사이에 일어난 일이다. 그 말은 곧 세 황자님 중 한 명과 문제가 있었다는 것. 즉, 그녀가 이런 식으로 우리와의 만남을 거부하는 것은 크로멘 황자님이 자신이 기다리는 황자가 아니기 때문이다.'

그렇다면 어떻게 해야 그녀를 만날 수 있을까.

'밀리아나가 만남을 거부하는 대상이 크로멘 황자님이라면……. 황자님이 아니라면 그녀를 만날 수 있을까?'

순간 그의 머릿속에 한 가지 생각이 번뜩였다.

"……."

굳어진 표정에 엘리엇이 걱정스러운 듯 바라보며 그를 향해 뭐라 말하려 했지만 티렌은 오히려 손을 들어 그의 입을 막았다.

'있다.'

티렌은 말랐던 입술에 침을 바르며 자신도 모르게 낮은 숨을 토해냈다.

'게다가 어쩌면 지금의 상황에서 반전을 꾀할 수 있는 유일한 카드일지도 모른다.'

"황자님."

그는 조심스럽게 크로멘을 불렀다. 모두의 시선이 그에게 쏠렸다.

"저 혼자 디곤에 다녀오겠습니다."

티렌은 결심이 선 듯 목소리에 힘을 주며 말했다.

그가 생각해 낸 계책.

'란돌.'

"당신 말대로네."

"그렇겠지. 오히려 내 예상보다 시간이 더 걸려서 조금 의아할 뿐이지. 역시 아직은 다듬어지지 않은 거겠지."

카릴은 막사 앞에 서 있는 티렌을 보며 밀리아나에게 말했다.

'아직 경험이 부족하다는 건가. 하긴…… 재상에 오르기까지 많은 일이 있었을 텐데. 그때에 비하면 지금은 온실 속 화초 같겠지. 걱정 가득한 얼굴도 좀 궁금하긴 하네.'

하지만 그럼에도 불구하고 카릴은 티렌이 그 누구도 대동하지 않고 혼자 온 대범함에 역시나라는 생각을 했다.

"이제 내가 그를 만나서 네가 얘기한 계획대로 하면 될 테고. 당신은 그동안 뭘 할 거지?"

카릴은 나지막하게 말했다.

"오늘 티렌이 오고 가면 아마 내일 당장에라도 크로멘이 널 찾겠지. 나는 그동안 잠시 할 일이 따로 있어."

"뭔데?"

"전에도 말했지만 대어를 낚을 준비. 고든을 만날 거야. 아직 우리 계획은 시작도 안 했어. 다녀와서 말해주지."

밀리아나는 그의 말에 조금은 귀찮은 듯 나른한 표정을 지었다.

"하아, 머리를 굴리는 싸움은 영 성격에 맞지 않아."

"이건 싸움이 아니야."

"음?"

카릴은 눈빛을 빛냈다.

"몰이사냥이지."

"……"

일순간 그런 그를 보며 밀리아나는 어쩌면 제국보다 카릴한 사람이 더 무서운 게 아닐까 하는 생각이 들었다.

"그건 그렇고……. 그럼 교도 용병단 녀석들이 여기저기 들쑤시고 다니는 건 어떻게 할 거야?"

"내버려 둬도 돼. 어차피 그들을 감시할 눈은 모두 붙여놨으니까. 굳이 디곤이 움직이지 않아도 상관없어."

그의 말에 그녀는 헛웃음을 지었다.

"나 참, 남의 영토에서 도대체 몇 명이나 풀어놓은 거야? 갈수록 가관이군."

"손 안 대고 좋잖아? 어차피 용병단이 갈 만한 곳은 대충 예상이 가니까."

카릴은 밀리아나의 말에 피식 웃었다. 전생에서 그녀와 오랜 시간을 함께했었기 때문일까. 처음 만났음에도 불구하고 그는 스스럼없이 그녀를 대했고 그의 그런 모습에서 밀리아나 역시 점차 카릴이 편해지는 기분이었다.

"그런데 괜찮겠어? 정말 저 녀석과 란돌을 만나게 해도? 란돌이 너에 대해서 다 얘기할 텐데."

"상관없어. 란돌은 나에 대해서 정확히 모르니까. 그건 너도 마찬가지일걸?"

"……나한테 숨기는 게 또 있어?"

"많지."

카릴은 그녀의 물음에 피식 웃었다.

"어쨌든 란돌이 나에 대해서 티렌에게 말하는 것이 내가 바

라는 일이야. 그리고 그가 혼자 찾아왔다는 건 란돌이 있다는
걸 알고 왔다는 뜻이기도 하고."

"설마 그것도 당신이 알려준 거야?"

"물론."

그의 대답에 밀리아나는 기가 차다는 표정으로 웃었다.

란돌이 이곳에 머무는 건 극비였다.

제국의 사람들이라 하더라도 알지 못할 터.

'언제부터 이 일을 계획했던 걸까.'

그녀는 가늠해 보려 노력했지만 이내 곧 고개를 저었다.

"……도무지 생각을 읽을 수가 없어."

밀리아나는 커다란 방석에서 기지개를 켜며 일어섰다

"뭐, 좋아."

어쩐지 그녀도 지금까지 가만히 있었던 지루했던 듯 묘한
미소를 띠며 막사 밖으로 걸어 나갔다.

"어디 해볼까."

"용기는 가상하구나. 단신으로 디곤의 영토에 혼자 들어오
다니 말이야."

"여왕님의 얼굴을 뵙는 게 참 어려운 일이라서 말입니다. 고
심 끝에 이번에는 제국의 문제가 아니라 개인적으로 찾아뵙게

되었습니다."

"그래?"

티렌은 망설임 없이 말했지만 밀리아나는 그런 그의 말이 이미 뻔히 보인다는 듯 묘한 미소를 지었다.

서걱-

퉁······!!

그 순간 보이지 않을 정도의 빠른 속도로 밀리아나가 자신의 허리에 있던 세검을 뽑아 던졌다. 티렌은 아무런 반응도 하지 못한 채 그대로 굳은 상태로 그녀를 바라봤다.

주르륵······.

그의 뺨에서 붉은 선이 그어지며 피가 흘러내렸다. 기둥에 박힌 검은 그 뒤로도 그녀의 힘을 이기지 못한 듯 파르르 떨렸다.

"내가 널 만나서 사이좋게 이야기를 할지 아니면 그 목을 답례품으로 네 황자에게 돌려보낼지 무슨 자신감으로?"

티렌은 뺨에 흐르는 피를 손등으로 닦았다.

"사이좋게 이야기를 하진 않겠지만 적어도 죽이시진 않으리라곤 생각했습니다."

"왜?"

"저희도 여왕님도 사실 피를 원하는 것은 아니니까요."

밀리아나는 제법이라는 눈빛으로 그를 바라봤다.

'뭐, 이쯤 해둘까.'

단단히 마음을 먹은 모습에서 한마디 할 때마다 반응이 재

있어 조금 더 놀리고 싶은 마음이 들었지만 카릴과의 약속을 떠올리며 그녀는 다음 계획으로 넘어갔다.

"찾아온 이유가 뭐지? 제국의 대변인이 아니라 개인적인 일이라는 게?"

그녀는 살짝 턱을 치켜들며 물었다.

스윽-

티렌은 막사 기둥에 박힌 검을 뽑아 그녀의 앞에 내려놓았다.

"란돌 맥거번."

그러고는 자신이 꺼내고자 하는 카드를 얘기했다.

"려기사단의 생존자이자 그는 저희 가문의 다섯째입니다. 이곳에 있다고 알고 있습니다만."

"아니라면?"

"맞을 겁니다. 믿을 만한 자가 그리 말했으니까요."

'그래. 근데 그자가 네 동생의 기사단을 전멸시킨 장본인이라는 것까지 알까 모르겠네.'

밀리아나는 마치 흥미로운 공연을 보는 것처럼 즐기는 표정으로 말했다.

"맞아. 그는 우리가 보살피고 있었다. 부상이 꽤 심했거든. 네 말대로 제국의 일은 제국의 일이지. 형과 동생과의 재회까지 막을 필욘 없겠지."

그녀는 막사의 끝을 가리켰다.

"나가서 오른쪽 다섯 번째 막사에 있다. 사실 그전에 얘기를 해주고 싶었지만 아직 요양 중이라서."

"네? 그때 이후로 꽤 오래 지났는데⋯⋯. 아직까지? 부상이
심합니까?"

차가워 보이던 티렌의 눈빛이 떨리며 다급한 목소리로 그녀
에게 물었다. 평민과 귀족으로 출신은 달랐지만 자신의 힘으
로 기사 서임을 받은 란돌을 티렌은 다른 형제들과 달리 높게
평가하고 있었다. 게다가 꽤 오랜 시간을 황궁에서 함께 있었
기에 그를 대하는 태도가 남달랐다.

"아니, 뭐⋯⋯. 그때 상처는 아니고⋯⋯."

걱정 가득한 그와 달리 밀리아나는 뭐라고 해야 할지 몰라
뺨을 긁적였다.

"형님⋯⋯."

티렌은 오랜만에 재회하는 동생을 바라봤다. 여기저기 붕대
를 감고 있는 그는 몸을 움직일 때마다 지끈거리는 듯 인상을
찡그렸다.

"이게 어떻게 된 일이냐."

"죄송합니다."

고개를 떨구는 그를 보며 한편으로는 아버지의 말씀이 정
말 사실이었다는 것에 티렌은 생각했다.

'카릴은 어떻게 이 사실을 알고 있었을까.'

크웰 맥거번은 카릴이 란돌의 소재를 알고 있다는 것만 티렌에게 얘기했을 뿐, 그가 타투르의 주인이 되었다는 것은 함구했다. 아버지로서의 배려인지 아니면 확실치 않은 사항에 대한 조심스러움인지는 모른다.

'이 일과 연관이 있을지도.'

티렌은 황제가 다시 국정을 돌보게 되는 계기를 카릴이 도왔다는 크웰의 말에서 그가 결코 평범하지 않다는 것을 직감했다.

'녀석 역시 똑같은 야만의 피를 가진 이민족이니까.'

다른 동생들과 달리 카릴이 처음 저택에 왔을 때부터 그를 인정하지 않은 티렌이었다.

잠자코 없는 사람처럼 살았다면 모를까. 제국인도 아닌 이민족이 제국의 정세에 관여한다는 것을 그는 용납할 수 없었다.

"잠깐."

티렌이 막사를 한번 훑었다.

"디텍션(Detection)."

그러고는 손을 펼쳐 수인을 긋자 그를 중심으로 정방형의 푸른 막이 생성되었다.

우-우-웅……!!

일순간 번뜩였던 빛이 사라지면서 막이 점차 커져 란돌이 있는 막사의 크기만큼 커지더니 흡수되듯 사라졌다.

"흐음. 감시하는 자들은 없는 건가."

탐지 마법에 아무것도 잡히지 않자 티렌은 나지막이 중얼거렸다.

"형님…… 4클래스 반열에 오르신 겁니까?"

란돌은 놀란 듯 눈을 동그랗게 뜨며 물었다.

"오래되진 않았다. 이제 겨우 일 뿐이야. 아카데미엔 나보다 더 뛰어난 마법사들이 수두룩해."

"그래도 축하드립니다. 아버님께서 기뻐하시겠습니다."

티렌은 그 말에 옅게 웃었다.

"아버지는 네가 살아 있는 걸 더 기뻐하실 거다."

"……죄송합니다."

고개를 숙인 란돌의 어깨를 가볍게 두들기며 티렌은 살짝 주위를 훑고는 물었다.

"단도직입적으로 묻겠다."

"네?"

"려기사단……. 너희를 전멸시킨 자를 기억하느냐."

끄덕.

란돌은 천천히 고개를 끄덕였다.

"인상착의가 어떻게 되지?"

티렌의 물음에 그는 기사단이 전멸한 기분 나쁜 기억을 떠올려서인지 아니면 패배에 대한 기억 때문인지 살짝 입술을 깨물었다.

"나이는 저와 비슷한 또래거나 조금 어렸습니다."

"……뭐?"

생각지 못한 대답에 티렌이 되물었다.

"갈색 눈과 머리카락을 가진 걸 봐서는 아마 제국인일 겁니다. 흔한 색이죠."

란돌은 한숨을 내쉬었다.

"매서운 검술이었습니다. 황궁에 온 뒤 기사들의 검술도 봤었지만 그런 건 처음 봤습니다. 게다가……."

"게다가?"

"어떤 속성의 마력을 쓰는 것인지도 정확히 모르겠습니다. 보랏빛의 마력이었습니다. 그런 마나 블레이드는 본 적도 들은 적도 없었습니다."

그는 이마를 짚으며 힘겹게 말했다.

'보랏빛?'

"처음에는 무색에 가까운 마나 블레이드였습니다. 하지만 두 번째 격돌에서 분명 보랏빛이 났습니다."

"으흠."

"제 생각엔……. 나락 바위에 있는 비전의 샘과 연관이 있는 것 같습니다."

나락 바위에서 퇴각했을 때 하늘에서 떨어진 번개.

란돌은 그걸 떠올리면서 말했다.

"정말 보랏빛이었더냐."

"어찌 잊겠습니까."

기사들의 마나 블레이드는 단 한 명의 마력에 어떠한 반항도 하지 못했다.

화(火), 수(水), 풍(風), 토(土), 뇌(雷).

세계를 구성하는 5대 속성이 모두 그 힘에 대항했으나 무참히 깨어졌다.

압도적인 강함. 모든 속성이 이길 수 없다는 절대적 상성이 깨진 순간 느꼈던 절망감.

"보랏빛이라······."

란돌의 말에 티렌의 머릿속에 불현듯 떠오르는 생각이 있었다.

딱 한 번. 아카데미의 도서관에서 봤던 옛 고서에서 그런 마력을 가진 마법사에 대한 문구를 본 기억이 있었다.

비전술사, 알른 자비우스.

"7인의 원로회······."

티렌은 나지막한 목소리로 중얼거렸다.

'하지만 그들은 태초라 불리는 마도 시대의 사람들이야.'

무려······ 천 년 전의 인물이었다. 그 오랜 시간 동안 그 힘이 명맥을 유지하고 있었다면 지금껏 비밀로 지켜진다는 것은 쉬운 일이 아닐 것이다.

단지······ 란돌의 말을 듣자 티렌은 불안한 기분을 지울 수가 없었다. 황궁의 복도에서 들었던 이야기.

'익스퍼트 마법 경연의 우승자.'

그가 경연 우승의 보상으로 회색교장에 들어가 그곳을 공략했다 했다. 그 덕분에 려기사단이 청린을 찾기 위해 비전의 샘으로 갔던 것이었고.

회생교장이 어떤 곳인가. 7인의 원로회와 관련된 장소 중에 유일하게 아직까지 공략이 되지 않은 미탐사 지역이었다.

"그가 검술을 썼다고 했지?"

"네, 처음 보는 검술이었습니다. 단순하면서도 기묘하고 정적이면서도 동적이었습니다."

"감탄을 하라고 묻는 게 아니다. 그 검술이 어느 정도의 수준이냐는 게 중요하지. 소드 익스퍼트의 기사들조차 이길 수 없는 마력이라면 4클래스 반열에 오른 것일 수도 있다."

거기에 검술까지…….

사실상 한두 명도 아닌 기사단을 전멸시킬 만큼의 실력이라면 이미 검술까지 정점에 도달했다고 봐도 과언이 아닐 것이다.

단지 인정하고 싶지 않은 일. 바로 그 정체불명의 적이 소드 마스터의 반열에 오른 것이 아닐까 하는 불안감.

"나는 검술에 대해서는 모른다. 하지만 마력만으로 기사단을 전멸시킨다는 것은 결코 쉬운 일이 아니다. 검술마저 정점에 도달했느냐?"

"그게……."

란돌은 티렌의 물음에 제대로 대답을 하지 못했다.

"잘 생각해 보거라, 란돌. 비록 아버지께서 손속에 사정을 두시긴 했지만 우리들은 소드 마스터의 검술도 보고 자라지 않았느냐."

그의 모습에 티렌은 좀 더 가까이 다가가 속삭이듯 낮은 목소리로 물었다.

"그자가 아버지보다 강하더냐."

"……잘 모르겠습니다."

쉽사리 대답을 내리지 못하는 란돌을 보며 티렌은 자신도 모르게 낮은 탄성을 질렀다.

"알겠다. 그 정도의 적이었단 말이지. 또 다른 특이점은 없었나."

"으음……. 우연인지 아닌지 잘 모르겠으나……. 비전의 샘에서 그자와 격돌했을 때 샌드 서펀트가 난입했습니다."

"……뭐?"

"제가 쓸데없는 소릴 했습니다. 구릉의 주인을 길들인다는 것은 말도 안 되는 일이겠죠. 나락 바위에서 멀지 않은 곳이라……. 먹잇감을 찾아온 것일지도 모릅니다."

우연일까. 하지만 단순히 우연이라 하기엔 너무 이상했다.

티렌은 알 수 없는 불안감으로 전신이 섬뜩해지는 기분이었다.

"말도 안 되는 일이 아닐 수도 있어."

"네?"

"올리번 황자님께서 남부로 오지 못하고 기수를 돌린 이유가 샌드 서펀트가 가도를 막고 있었기 때문이다."

"설마 황자님께서 제국으로 돌아가셨단 말씀이십니까?"

"아니. 그런 건 아닌 듯싶다. 재정비를 하고 계신 것 같지만……. 결정적인 상황에 같은 서펀트 때문에 문제가 일어나는 게 단순히 우연일까?"

"형님."

란돌은 티렌을 바라봤다.

그가 긴장된 목소리로 자신을 부르자 티렌 역시 마른 침을 삼켰다.

"기사단을 전멸시켰던 그자가 이곳에 있습니다."

"……뭐!?"

"제가 똑똑히 봤습니다. 디곤의 여왕과 결투를 하던 것을요. 제가 그사이에 끼어드는 바람에 이렇게 되어버렸지만……."

티렌은 그의 말에 차갑게 그를 바라봤다.

"너 그놈에게 두 번이나 당했단 말이야?"

"……죄송합니다."

패배에 대한 책망이 아니었다.

맥거번가의 형제를 이렇게 만든 것에 대한 분노였다.

"사죄는 내게 할 것이 아니라 폐하께 해야겠지. 하나 중요한 걸 말해줬다. 네가 여기에 있었던 게 어쩌면 천운일지도 모르겠구나."

"그게 무슨……."

"우리가 이곳에 온 이유가 려기사단이 전멸당한 일 때문이니까. 5대 일가와 기사단의 문제 때문에 디곤은 협조적이지 않아."

'하지만 그 범인이 디곤과 연관이 있다면 말이 달라지지. 도 리어 책임을 그녀에게 물을 수 있을지도 몰라.'

그렇게 된다면 지금까지의 판도를 완전히 바꿀 수 있을지 모 른다.

'여왕을 만날 방법이 떠올랐다.'

티렌은 자신도 모르게 쥔 주먹에 힘을 주었다.

"란돌, 너는 앞으로 어떻게 할 거지?"

"부끄럽지만 이런 상황이라……. 형님을 돕기는커녕 오히려 방해가 될 것 같습니다."

그의 대답에 티렌은 고개를 끄덕였다.

"해야 할 일이 남아 있습니다."

"개인적인 복수는 안 된다. 이 일은 이미 너 혼자만의 일이 아니라 제국의 일이다."

란돌의 생각을 읽은 듯 그가 말렸다.

"알고 있습니다. 다만……. 이대로 돌아가는 것은 저 스스 로도 용납할 수 없습니다."

"부디 네가 어리석은 짓을 하지 않길 바란다."

그의 말에 란돌은 고개를 끄덕였다.

"……제국으로 돌아가 마땅한 벌을 받겠습니다."

"녀석."

티렌은 씁쓸한 웃음을 지으며 그의 어깨를 가볍게 두들겼다.

"나는 황자님과 함께 다시 올 것이다. 그때 네가 중개자 역할을 해주길 바란다."

"노력하겠습니다."

"그래. 몸을 잘 추스르거라."

돌아가서 내일을 대비하기 위해 해야 할 일이 많았다. 아쉽지만 오랜만의 재회일지라도 이대로 시간을 허비할 순 없었다.

스르륵―

돌아가려던 티렌이 막사 문을 젖히고서 잠시 머뭇거렸다.

그의 뒷모습을 보며 의아한 눈빛으로 란돌이 바라봤다.

"마지막으로 하나만 물으마."

"네?"

티렌은 남부로 와서 란돌을 만나고 나서까지 계속해서 입 밖으로 이 물음을 꺼낼까 말까 고민을 했었다.

갈색 눈, 갈색 머리, 마력까지.

어느 것 하나 연관성이 없는 것인데도 이상하게 머릿속에 사라지지 않는 의문 하나가 계속해서 맴돌았기 때문이다.

"바보 같은 질문인 것 나도 안다. 한데 혹시……."

그는 조심스럽게 란돌을 향해 물었다.

"널 습격했던 자가 혹여 카릴과 닮진 않았더냐."

"려기사단을 전멸시켰던 범인이 디곤에 있다고 합니다."

"그럼…… 여왕이 그자를 숨겨주고 있다는 말인가?"

디곤에서 돌아온 티렌의 보고에 크로멘은 살짝 놀란 표정으로 되물었다.

"만약 그게 사실이라면 저희와의 만남을 거부하고 있었던 것도 모두 그자와 한패이기 때문일지 모릅니다."

유린 휴가르는 기다렸다는 듯 말했다. 밀리아나의 문전박대로 이미 심기가 상할 대로 상한 그는 마침 꼬투리를 잡은 듯한 표정이었다.

"관계까지는 확인하지 못했습니다. 그건 여왕을 만나고 난 뒤에 밝힐 수 있을 듯싶습니다. 다만, 이 문제를 제기하면 더 이상 저희와의 만남을 거절하긴 어려울 것입니다."

"으흠…… 자네가 고생이 많았군."

크로멘은 그의 말에 고개를 끄덕였다.

"송구하옵니다."

"그런데…… 그럼 지금 자네 동생이 디곤의 영토에 있다는 말인가?"

티렌의 말을 듣고 있던 케플란이 그에게 말했다.

"네. 그를 만나서 들은 이야기입니다."

"기사라면 모름지기 황자님을 뵈옵고 예의를 갖추어야 하지 않는가. 어째서 지금까지 아무런 보고도 없었지?"

단 한 번도 언성을 높이지 않았던 그가 잘잘못을 따지자 분위기가 차갑게 가라앉았다. 결정적인 정보를 제공했지만 케플란에게 있어서 그보다 더 중요한 것은 기사도였다.

"죄송합니다. 부상이 심하여 그동안 움직일 수 없는 상태였다고 합니다. 그 괴인과 다시 한번 격돌하는 바람에……."

하지만 티렌은 그런 그의 성격을 이미 예상했는지 막힘없이 말했다.

란돌이 디곤의 도움을 받았다는 사실은 어찌 보면 제국의 귀족들에게는 쉽게 용인될 일이 아니었기 때문이다.

케플란의 반응은 당연한 것이었다. 자신 역시 이민족인 카릴을 형제로 인정하지 않았으니까.

다만 비불외곡(臂不外曲)이란 말처럼 시비를 떠나 란돌을 감싸려고 하는 것은 형제애임과 동시에 이들에게 자신의 수완을 보여줄 기회였기 때문이다.

"대신 그 덕분에 그의 검술을 확실히 확인했다고 합니다. 그를 찾는데 란돌이 큰 역할을 할 것입니다. 뿐만 아니라 여왕과의 만남에서 그가 중개자로 나설 것입니다."

티렌은 크로멘에게 무릎을 꿇으며 말했다.

"그러니 부디 제 동생의 불충을 용서해 주십시오. 황자님."

"일어나게. 자네가 아니었다면 우리는 이러지도 저러지도 못하고 난감했을 거야. 부상자에게 불충이라니. 가당치도 않네."

선수를 치듯 먼저 무릎을 꿇는 모습에서 크로멘은 황급히 손을 저으며 말했다. 어린 황자는 다행스럽게도 노집사와 달리 그런 예의보다 지금 자신에게 놓인 상황을 타개하는 것이 더 중요했다.

'여우 같아졌네. 저 녀석.'

경험의 성장이랄까.

이론으로는 절대로 익힐 수 없는 것들을 경험하기 시작한 티렌을 보며 유린 휴가르는 짧은 시간에 노련해졌다는 느낌을 받았다.

"그럼……. 제가 여왕과의 만남을 다시 요청하겠습니다."

"이번이 마지막 기회일걸세."

"네. 철저히 준비하도록 하겠습니다."

티렌은 고개를 끄덕였다.

"카릴……? 설마 여섯째를 말씀하시는 겁니까?"

"그래."

란돌은 티렌의 물음에 의아한 표정으로 그를 바라봤다.

"이상하게 들리겠지만 마법도시에서 있었던 경연의 우승자 이름이 카릴이라고 하더군."

"으흠……."

"익스퍼트 경연은 마법사의 반열에 오른 자들만 참가할 수 있는 것이야."

생각지 못한 이야기라 다른 사람이 그랬다면 비웃고 넘어갈

일이었다. 하지만 이런 말도 안 되는 가설을 말한 건 다름 아
닌 티렌이었으니 란돌 역시 조금은 진지하게 그 말을 들었다.

"동명이인 아니겠습니까? 대륙에 그 이름을 가진 사람이 아
예 없다는 보장도 없고요."

"그럴 수도 있지."

"게다가…… 그 아이는."

란돌은 조심스럽게 티렌을 바라보며 말했다. 결정적으로 그
의 가설이 이뤄질 수 없는 이유를 자신도 그도 알고 있었으니까.

"그래. 이민족이지. 마력이 없는 그리고 가질 수도 없는. 나
도 안다. 내 물음이 얼마나 바보 같은지를."

티렌은 고개를 돌렸다.

"기억하느냐. 그 아이가 처음 저택에 왔을 때 아버지께 바랐
던 것."

"물론입니다. 마법을 공부하고 싶다고 했었죠."

"그래."

티렌은 카릴을 떠올릴 때마다 마치 꼬리표처럼 마법이란 것
이 따라 다니는 기분이었다. 지금 그가 이런 의심을 하는 것도
저택에서부터의 그의 특이한 행동들이 기억에 남아 있기 때문
일지 모른다.

"하지만 그건 우리를 이기기 위해 마법을 파헤치겠다는 이
유였지 않습니까."

"맞아. 다만 널 습격한 그자가 검을 썼다는 것이 자꾸 걸리

는구나."

란돌은 그런 티렌을 향해 말했다.

"이민족의 검은 눈동자는 마법으로 바꿀 수 없다고 알고 있습니다. 그런 일은 없을 겁니다."

지금껏 이민족에 대한 갖은 연구와 실험이 있었다. 그중에서도 마법사들에게 가장 이슈가 되었던 것은 특유의 눈동자와 머리카락 색이었다.

오직 이민족에게서만 볼 수 있는 검은색. 마법사들은 외부에서 마법으로 그들의 색을 바꿔보려 했으나 그 어떤 마법으로도 성공하지 못했다.

마치. 그들의 눈동자는 텅 빈 주머니처럼 모든 마법을 집어삼키거나 혹은 딱딱한 벽처럼 반발하면서 마력 그 자체를 거부했다.

이민족의 검은색은 그렇기 때문에 이단이라 칭해지며 그 증거가 되었다.

"그렇겠지."

티렌은 란돌의 말에 고개를 끄덕였다.

하나. 그들은 가장 중요한 하나를 놓치고 있었다.

티렌조차 눈치채지 못한 것. 내로라하는 마법사들은 자신들이 할 수 있는 모든 실험을 했다고 판단했다.

다섯 가지의 속성으로 세계가 구성된다고 생각했고 그 생각은 지금까지 유효했다.

즉 이민족에 대한 마법사들의 실험은 결국 인간의 영역에 국한되어 있다는 점이다.

무색(無色)의 속성. 아무리 똑똑한 티렌이라 할지라도 그것을 예측하긴 쉽지 않았다.

"그래. 내가 너무 생각이 깊었다. 어떤 가능성을 다 갖다 붙여도 결국 카릴이 마력을 가졌다는 전제조건이 성립돼야 할 수 있는 일이니까."

그의 말에 란돌은 고개를 끄덕였다.

'내가 너무 예민하게 녀석에 대해 생각했던 모양이야……'

"후우……."

자신의 방으로 돌아온 티렌은 그날 밤 란돌에게 했던 물음을 후회했다.

"창피할 지경이군."

그는 품고 있던 의문을 날리려는 듯 고개를 젓고는 내일 밀리아나를 상대로 어떤 얘기를 할지 고민을 하기 시작했다.

사각- 사각- 사각-

종이 위에 마력을 담아 글을 썼다. 그가 한 글자를 쓰면 그 뒤에 글자가 마치 누가 지우개로 지우는 것처럼 사라졌다. 그리고 마력을 불어 넣자 사라졌던 글자들이 마치 파도처럼 나타났다 다시 사라졌다.

마법각인(魔法刻印). 특수한 마법 술식을 통해 시전자의 눈에만 글이 보이게 만드는 방법. 마도 시대에 언령서약서를 만들 때 사용된 방법이었으나 그 당시보다 마법이 떨어지는 현재는 언령을 사용하지 못하는 관계로 개량이 되어 지금처럼 마법사들이 만드는 마도서약서에 이용된다.

"흐음."

그는 빈틈없이 서약서를 만들기 시작했다.

실수해서는 안 된다. 혹여 자신이 놓친 부분으로 인해 이제 막 대등하게 만들 수 있게 된 판이 기울어져서는 안 되니까. 이 일을 완수한다면 스스로 껍데기를 깨는 계기가 될 것이란 것을 그는 직감했다.

짹각…… 짹각…… 짹각.

시계의 바늘이 움직이는 소리만이 들렸다.

"후우……."

그가 펜을 놓았다. 어느새 동이 트기 시작하는 새벽. 빼곡하게 적혀 있는 조항들을 보며 티렌은 피로한 눈을 비볐다.

"……그래도 역시 제국으로 돌아가면 스승님께 여쭈어봐야겠다."

끝내.

카릴에 대한 의심의 꼬리를 지울 수 없던 그였다.

▶Chapter 2◀

"다시 뵙게 되어 기쁩니다."

밀리아나는 크로멘과 함께 온 티렌을 보며 묘한 미소를 지었다. 처음과 달리 그녀의 막사엔 그들의 자리가 마련되어 있었다. 어쩐지 애초에 첫 만남이 아닌 지금을 기다렸다는 것 같은 모습이었다.

"자신이 있는 표정이군. 그날 밤이 뭔가 도움이 되었나 보지?"

그녀의 물음에 티렌은 가볍게 허리를 숙였다.

"그저……. 몇 가지 확인을 할 필요가 있는 것뿐입니다. 서로가 좋은 방향으로 나아갈 수 있도록."

티렌은 밤새 준비한 서약서가 든 상자를 그녀의 앞으로 밀며 낮은 숨을 토해냈다.

"흐음, 그런데 그 덩치는 없군."

하지만 밀리아나는 그것에 관심이 없는 듯 크로멘의 일행을 바라보며 말했다.

"고든 경께서는 더 이상 제국과 디곤과의 일에 관여하지 않으실 겁니다."

"그래, 그렇겠지. 역시나."

'……역시나?'

밀리아나의 묘한 대답에 의아한 티렌이었지만 지금 중요한 것은 교도 용병단이 아니라 눈앞의 여왕이었으니까.

'집중하자. 티렌.'

티렌은 떨리는 마음을 진정시키며 몇 번이나 속으로 읊조렸다.

하지만 정작 긴장 가득한 그와 달리 밀리아나는 여전히 관심이 없는 표정으로 먼 곳을 응시할 뿐이었다.

"고든 파비안."

의자에 앉아 팔짱을 낀 채로 눈을 감고 있던 그는 자신의 이름이 들리자 살짝 이마를 꿈틀거리며 앞을 바라봤다. 비공정의 집무실까지 들어오기 위해서는 오직 하나뿐인 출입구를 통해야 한다.

"용병단 소속의 용병들도 가끔 길을 헤매는데……."

게다가 그 안에 복잡한 계단들을 통과해야 하는데 그 안에 있는 보초의 수만 해도 수십 명이었다.

"용병도 아닌 녀석이 용케도 내 방까지 왔군."

고든은 천천히 문 앞에 서 있는 인영(人影)을 바라보며 말했다.

"죽으러 왔나?"

파가각……!!

순간.

그가 눈을 부릅뜨자 몰려오는 살기만으로 책상 주변에 있는 집기들이 파르르 떨렸다.

하지만 문 앞에 있는 자는 그의 살기를 보고도 미동 하나 하지 않았다.

"이것 참……."

고든은 그런 그를 보며 호기심 어린 눈빛으로 바라봤다.

"오랜만인데 여전하네요."

파직-

말이 끝나기 무섭게 쓰고 있던 가면의 끝부분이 금이 쩍 갈라졌다.

카릴은 아쉬운 듯 살짝 찡그리며 얼굴을 가리고 있던 가면을 벗었다.

"네놈……."

낯익은 얼굴이 보이자 표정 변화가 없던 고든마저 살짝 눈을 크게 뜨며 그를 바라봤다.

"죽으러 온 게 맞나 보네."

고든은 나지막하게 말했다.

"계약을 한 지가 언제인데 아직도 비공정의 엔진에 대한 얘기는 깜깜무소식이야?"

카릴은 그의 말에 가볍게 웃었다. 맹수의 으르렁거림처럼 들렸지만 어쩐지 고든의 목소리엔 살기보단 반가움이 있었기 때문이었다.

'나쁘지 않군.'

처음 그를 만났을 때만 하더라도 쭈뼛쭈뼛 서는 긴장감에 몸도 제대로 가누기 힘들었지만 이제는 달랐다.

'전생에 내가 검성의 반열에 올랐을 때……. 대륙의 강자라고 불리던 다섯 소드 마스터 중에 살아 있던 자는 단 두 명뿐이었다.'

권왕(拳王) 발본트와 낙인의 기사라 불렸던 가네스.

지금도 그렇지만 권왕은 이후에도 대륙의 일에 관여를 하지 않았기에 유일하게 카릴이 붙어본 상대는 가네스뿐이었다.

'마력을 감춰야 했던 아버지 때와는 다르다.'

몇 년 전에만 하더라도 육체가 본능적으로 고든과의 대결을 피했다면 이제는 흥미가 생겼다. 그가 전생에서 상대했던 강자들은 결국 인간이 아닌 타락이란 괴물들뿐이었으니까.

"그래도 절 기억하시고 계시네요."

카릴은 그에게 말했다.

"계약 이행까지는 앞으로 몇 년이나 더 남았습니다. 일부러 그렇게 잡은 건 마광산의 개발이 끝나고 8각석을 세공할 수 있는 장비까지 갖춰야 하기 때문입니다."

"세공을 할 수 있는 사람은 있나?"

카릴은 고든의 물음에 고개를 끄덕였다.

신탁이 내려진 뒤 전생에선 그 엔진을 장착한 비공정을 타 본 적도 있는 그였다. 확신이 없었다면 단순히 미하일을 얻을 목적으로 거짓으로 고든과 계약을 하지도 않았을 것이다.

"계약 만료까지 3년이었지?"

"그렇습니다."

"하……. 그때까지 나보고 기다린 말이냐? 늙어 죽겠군."

고든은 실망스러운 듯 말했다.

"뭐, 그건 그렇다 치고……."

순간.

그의 눈빛이 바뀌었다.

애초에 첫 질문부터 잘못되었다. 엔진 따위는 그저 인사치레에 불과한 것이었다.

진짜 질문.

"네놈이 왜 여기에 있는 거냐."

느슨한 척 보이지만 가슴을 찌르는 듯한 날카로운 질문을 할 때마다 느껴지는 살기가 따끔거렸다.

하지만 카릴은 기다렸다는 듯 한 걸음 더 가까이 다가갔다.

"3년이 뭐가 깁니까? 대단하신 고든 파비안이 고작 3년 만에 늙어 죽는 건 말도 안 되죠."

"……."

"말은 바로 하시죠. 늙어 죽는 게 아니라 지병으로 죽겠죠."

"……뭐?"

카릴의 한마디에 고든 파비안의 표정이 굳어졌다.

"천하의 고든 파비안이 마음에 들지 않는 부단장을 왜 옆에 계속 둘까. 그가 여우 같긴 하지만 그만큼 영리하기 때문이지."

고든은 카릴의 말을 들었다.

"자신이 죽게 되면 용병단을 이끌 사람 중에 그나마 쓸 만한 녀석이 누군가 고민했을 때 그가 가장 나았을 테니까. 독불장군이라 해도 용병단의 자존심보다는 용병단의 존속이 중요하니까."

"미친놈."

욕지거리를 내뱉었지만 카릴은 기세를 멈추지 않고 계속해서 말했다.

"몇 년 전부터 느껴지는 가슴 통증."

그의 얼굴이 굳어졌다.

"소드 마스터라면 자신의 몸에 대해서 굳이 치유사에게 보이지 않아도 알 수 있을 테고. 점차 심장이 굳기 시작하는 걸 느끼고 있겠죠."

저벅- 저벅- 저벅-

카릴은 천천히 그에게 다가갔다.

"치료법을 찾았겠지만 찾을 수 없었고 지금까지 이런 병이 있었다는 경우도 없지. 어쩔 수 없이 지병이라고 치부하고 포기하고 있던 거 아닙니까? 근데 아냐."

"……뭐?"

"심장에 문제가 있는 게 아니라 혈맥에 흐르는 피가 끊어 사라지기 때문에 당신의 마력혈에 온전하게 마력을 순환시키지 못하기 때문이니까요."

고든의 눈빛이 흔들렸다.

"심장이 굳는 건 그로 인한 부가적인 결과일 뿐."

카릴은 지금까지 대륙 전역을 조사했던 그가 가장 듣고 싶고 가장 궁금했던 물음에 대한 대답을 해주었다.

"산화혈액증."

꿀꺽-

맹수와 같은 그가 처음으로 긴장된 얼굴로 자신도 모르게 마른침을 삼켰다.

"그게 당신 병입니다."

쿵-

"게다가 불치병도 아니지."

카릴은 들고 있던 커다란 뭔가를 내려놓았다.

"당신이라면 황자의 일에 가타부타하지 않을 줄 알았습니다. 아마……. 황자 쪽은 황자 나름대로 거래의 저울질을 하고 있느라 바쁜 것 같은데……."

그건.

미노타우르스의 마굴에서 얻은 전리품이었다.

"우리도 해볼까요?"

그 순간.

고든은 대답 대신 주먹을 날렸다.

콰아아아앙-!!

요란한 소리와 함께 고든의 반도 안 되는 카릴의 작은 몸이 붕 떠오르며 튕겨 나갔다.

"큭?!"

두 팔을 교차해서 막은 공격에 뒤로 밀려 나간 카릴은 집무실의 벽을 부수고 복도 맞은편의 벽까지 다시 무너뜨리고서야 겨우 멈출 수 있었다.

저릿…… 저릿…….

전기가 오는 것처럼 자신의 의지와 상관없이 고든의 정권을 막은 팔이 떨렸다. 어마 무시한 위력이었지만 오히려 고든은 자신의 정권을 맞고도 서 있는 카릴을 보며 어처구니가 없다는 듯 콧방귀를 뀌었다.

"허……. 이거 처음 봤을 때부터 웃긴 놈이라고 생각했는데. 이걸 막아?"

고든은 팔을 가볍게 돌렸다.

"소드 익스퍼트라도 일권(一拳)에 두 팔이 바스러졌을 텐데."

옷이 끼는 듯 우람한 팔뚝에 그가 손바닥을 말아 주먹을 쥐자.

퍼엉-!!

부풀어 오른 근육에 용병단 제복의 소매가 터지듯 찢겼다.

"나와."

괴물 같은 그의 상체가 숨을 쉴 때마다 꿈틀거렸다.

"잘도 지껄이는 네 얘기는 밖에서 계속 듣지. 여기서 했다가는 비공정이 다 부서지겠군."

찢어진 옷 뒤로 보이는 수많은 훈장과도 같은 상처들.

그가 걸을 때마다 살아 있는 것처럼 움직이는 완벽에 가까운 근육들에 눈이 사로잡혀 상처들은 들어오지도 않았다.

"하……."

카릴은 고든의 모습에 자신도 모르게 작은 탄성을 질렀다.

'고든 파비안의 전성기는 이랬던 건가.'

웃음이 났다.

놀라운 것은 지금 고든 파비안이 내지른 주먹에는 마력이 실려 있지 않았다는 것이다. 오로지 순수한 육체의 힘만으로도 말도 안 되는 힘을 내는 그의 모습은 그야말로 괴수라 할수 있었다.

'이러면 안 되는데……'

그는 자신도 모르게 입꼬리가 자꾸 올라가는 것 같아 표정 관리가 힘들었다.

전생에서 카릴이 순수한 검술만으로 아버지인 크웰 맥거번의 경지를 뛰어넘었던 것이 18살이었다. 6년이 걸렸다. 그것만으로도 가공할 성취였지만 지금은 전생의 자신과 비교할 수 없었다.

회귀를 한 지 이제 2년이 흘렀다. 자신으로 인해 역사가 바뀌고 미래가 바뀌며 제국 역시 이제는 그가 기억하는 대로 흘러가지 않았다.

하지만 그 어떤 변화보다도 카릴은 자신의 변화가 궁금했다. 지금까지 많은 전투가 있었지만 절대 강자라고 불리는 영역에 도달한 자들과 검을 섞어 본 적은 전생에도 많지 않았으니까.

순수한 호기심.

"뭐 해?"

고든이 그를 불렀다.

카릴은 아주 잠깐이지만 자신이 이곳에 온 이유를 잊어버리고 싶다는 욕심이 생겼다.

때론.

말보다 주먹으로 대화하는 것이 더 빠를 때가 있었으니까.

"밑도 끝도 없이 주먹을 뻗다니."

푸욱-

비공정 밖으로 나온 카릴은 바닥에 얼음 발톱을 꽂아 넣고는 품 안에서 아그넬을 쥐었다.

"이제 제가 한 대 쳐도 됩니까."

"칼 든 놈이 잘도 치겠다는 소리가 나오네."

카릴은 그의 말에 피식 웃었다.

갑작스러운 소란에 비공정에 있던 용병들이 황급히 뛰어나왔다.

"모두 들어가라."

그들을 보며 고든이 나지막하게 말했다.

"네? 하지만……."

"단장님!"

"방해된다. 침입자가 있어도 알아차리지 못한 놈들이. 난 두 번 말하지 않는다."

교도 용병단의 용병들은 저마다 실력에 자신이 있는 자들이 었지만 고든의 말 한마디에 꿀 먹은 벙어리가 된 듯 그저 고개를 끄덕였다.

"멍청한 녀석들."

그런 그들을 보며 고든은 혀를 쯧- 하고 혀를 찼다.

"방해가 아니라 위험해서 아닙니까?"

카릴은 아그넬을 가볍게 한 바퀴 돌리며 그에게 물었다.

쿵-! 쿠웅-!

고든은 대답 대신 성큼성큼 카릴을 향해 걸어갔다.

그가 걸음을 뗄 때마다 바닥이 움푹 파였다.

물론 발자국은 남기는 것 정도는 익스퍼트도 아닌 유저만 되도 가능한 일이었지만 그는 차원이 달랐다.

"아니. 방해돼선데."

울리는 소리는 지진이라도 난 것처럼 요란했지만 정작 발바닥을 뗄 때 흙먼지조차 나지 않았다.

카릴은 처음으로 이마에 땀이 한 방울 맺히는 기분이었다.

'설마…….'

마력을 얻고 비전력까지 습득했지만, 그동안 막혔던 혈맥 때문에 사실상 그가 마력을 제대로 운용한 것은 1년이 채 되지 않았다. 기껏해야 14살에 불과한 육체의 성장은 여전히 완성된 몸을 가진 고든과 비교했을 땐 부족했다.

콰아아앙-!!

하지만 카릴은 망설임 없이 그를 향해 질주했다. 오히려 육체의 핸디캡을 가진 지금이야말로 자신의 검술과 마력의 성취를 제대로 확인할 수 있을 테니까.

즈즉……!! 지지직!!

손바닥 위에 놓고 핑그르 돌린 단검을 움켜쥔 순간, 단검의 날이 길어지는 것 같이 강렬한 마력이 뿜어져 나왔다.

고든의 품 안으로 파고든 카릴이 그의 허리를 노리며 일격을 가했다.

쿠쾅!!

아그넬에서 뿜어져 나오는 오러 블레이드가 그에게 닿기 직전 고든은 위에서 아래로 주먹을 찍어 눌렀다.

콰드득-!!

사방으로 흙먼지와 함께 돌덩이들이 튕겨 나왔다.

충격에 검날이 아래로 훅 꺼지면서 반대로 카릴의 몸이 위로 떠 올랐다. 용마력을 기반으로 한 카릴의 끝없는 마력 덕분에 확실히 속도에 있어서는 고든을 뛰어넘었다.

하지만 육체가 가지는 절대적인 힘에서는 몇 배는 더 큰 체구를 가진 고든이 우위였다.

파앙!! 파아앙!!

공중에 떠오른 카릴이 허공을 밟았다.

벽이 있는 것처럼 지그재그로 튀어나가며 사선으로 고든의 목을 노렸다.

지이이잉……!!

쥐고 있던 아그넬의 오러 블레이드가 흔들렸다.

무색기검(無色氣劍) - 2식.

파캉!!

아그넬의 검날을 고든이 손으로 잡자 마치 쇠가 부딪히는 소리가 났다. 조금 전 그가 카릴을 내려쳤을 때처럼 사방으로 돌가루가 떨어졌다. 그 특유의 토(土)속성의 두꺼운 방어막이 그의 손에 둘려 있었다.

"신기한 검술을 쓰는구나."

카가각……!!

고든이 검날을 쥔 채로 천천히 아래로 손을 내리자 청린으로 만든 아그넬의 날이 불꽃을 튀기며 울음처럼 갈리는 소리가 들렸다.

카릴은 양손으로 아그넬을 잡고 버텼지만 짓누르는 그의 힘을 버틸 수 없었다.

이렇다 할 검술도 체술도 아니었다.

세상에는 다섯 명의 소드 마스터가 있었지만 강자라는 의미로 그들을 그리 불렀을 뿐 모두가 검(Sword)를 쓰는 것은 아니다. 권왕 발본트는 무투로 그 경지에 올랐고 낙인의 기사인 가네스는 할버드를 썼다. 그들은 각자가 가진 틀과 형식이라는 것이 분명 존재했다.

하지만 고든은 달랐다.

콰아아앙-!!

그저 타고난 육체와 완력만으로도 소드 마스터의 경지에 올랐다. 만약 그가 마력이 없는 이민족이었다면 카릴보다 더 먼저 무성(武聖)이란 칭호로 불렸을지 모른다.

'마력까지 있으니 더 한 괴물이 되었지만.'

카릴은 있는 힘껏 고든의 손아귀에서 아그넬을 놓으며 오른발을 축으로 회전하며 있는 힘껏 발로 그의 가슴을 찼다.

쾅-! 쾅! 콰앙……!!

쳇바퀴를 도는 것처럼 고든의 배에 한 방 그리고 가슴에 한 방 마지막으로 그의 얼굴을 후려쳤다. 충격에 쥐고 있던 단검을 떨어뜨리자 카릴이 재빨리 바닥을 구르며 그것을 쥐었다.

'미쳤군.'

카릴이 고개를 들었다.

우드득.

목을 좌우로 꺾으며 자신을 바라보는 고든 파비안. 마력이 실린 카릴의 발길질은 웬만한 검기보다 더 위력적이다. 하지만 순간적으로 얼굴까지 단단한 바위로 감싼 고든은 휘청거렸지만 큰 타격을 입진 않은 듯 보였다.

"로제스!!"

고든이 비공정을 바라보며 우렁찬 목소리로 누군가의 이름을 불렀다.

"모우터(Martyr)를 꺼내라."

그 순간. 거대한 배틀 해머 하나를 세 사람이 끙끙대면서 간신히 들어 있는 힘껏 비공정의 위층에서 떨어뜨렸다.

쿠우우웅…….

지진이 일어난 것처럼 해머는 수직으로 바닥에 처박혔다. 제대로 닦지도 않아 누구의 것인지 모를 피가 굳어 덕지덕지 붙어 있었다.

고든은 아무렇지 않게 바닥에 박힌 해머를 뽑아 어깨에 걸쳤다.

우둑- 우드득-

고든의 전신이 단단한 갑옷을 두른 것처럼 갈색으로 변했다. 두툼한 흙더미가 그의 전신에 씌워지자 가뜩이나 커다란 덩치가 두 배는 더 커 보였다.

'저건가.'

고든은 다른 소드 마스터들과는 마력의 운용 자체가 달랐다. 나머지 사람들은 공격을 위해 마력을 쓰지만 괴물 같은 근력을 가진 그는 오로지 방어에 집중했다.

그리하여 평생에 걸쳐 고든은 검술이나 창술이 아닌 고유한 방어 마법을 창조해냈다.

'오토마타.'

토(土)속성의 절대 방어술.

하나 전생의 그가 지병으로 죽고 난 뒤에 소실되어 카릴은 직접 본 적이 없는 마법이었다.

히죽—

고든은 마치 들어와 보라는 듯 입꼬리를 씩 올리면서 카릴을 향해 손짓했다. 어쩐지 그 모습이 지금까지 지겨운 걸 억지로 참다가 마침내 재밌는 장난감을 찾은 듯한 어린아이의 모습 같았다.

"괴물은 괴물이군."

카릴은 그런 그를 바라보며 진심으로 자신의 감상을 내뱉었다.

스르릉……

그러고는 조금 전에 바닥에 꽂아 뒀던 얼음 발톱으로 다가가 검을 뽑아 들었다.

"드디어 그걸 쓰는 건가?"

고든은 흥미롭다는 듯 카릴의 검을 주시했다.

가만히 있어도 뿜어 나오는 냉기가 처음부터 예의 평범한 검은 아니라 생각했다.

"내 해머도 꽤 쓸 만한 놈인데. 과연 부러지지 않을지 궁금하군."

부우웅-

한 손으로 너무나도 쉽게 허공에 긋는 모습에 모우터의 무게가 가볍게 보였지만 해머에서 터져 나오는 소리는 육중하기 그지없었다.

"후우……."

카릴은 아그넬에 폭염왕의 힘을 실었다.

화르륵-!!

그의 손등에서 검 손잡이까지 잡아먹을 듯 맹렬하게 타오르는 화염이 일었다.

우우웅…….

반대로 얼음 발톱에는 오러 블레이드가 냉기를 머금자 새하얗게 변하면서 차갑게 굳어졌다.

고든은 그의 모습을 흥미롭게 바라봤다.

"……."

약간의 적막.

카릴은 고개를 돌렸다.

어느새 노을이 조금씩 드리워지고 있었다.

"시간이 많지 않겠어."

그가 걸리는 것은 크로멘이 아닌 티렌이었다.

"할 수 없지."

그들이 오기 전에 이 일을 일단락 지어야겠다고 생각했다.

탈칵.

그 순간.

카릴은 자신의 팔에 채워져 있던 탐욕의 팔찌를 풀었다.

콰아아아앙-!!

"……!!"

폭발적인 마력과 함께 고든조차 미처 반응하지 못한 채 놀란 눈으로 카릴을 바라봤다.

두 사람 사이에는 분명 수십 미터의 간격이 있었다.

"너……."

뭔가 홀가분해진 얼굴이 된 고든이 아무렇지 않게 자신의 앞에 있는 카릴을 향해 물었다.

"너 여기 왜 왔더라?"

"하…… 하하."

카릴은 무신경한 것인지 아니면 너무 대범해서 평범한 사람의 기준으로 판단할 수 없는 것인지 가늠을 할 수 없는 그를 보며 자신도 모르게 웃고 말았다.

"당신 살리려고요."

고든은 어깨에 박힌 카릴의 아그넬을 한 번 바라보고 다시 고개를 돌렸다.

자신의 방어술을 단 일격에 꿰뚫어 버린 위력.

카극…… 카그그극…….

그걸로 끝이 아니었다.

모우터를 쥔 손이 가볍게 떨렸다. 반대쪽 손에 있던 얼음 발톱을 해머로 막지 않았다면 얼음 발톱이 지금쯤 갈비뼈 사이에 박혔을 것이다.

"아하……."

고든은 카릴의 공격을 훑었다. 모두 다 급소를 노린 곳들.

"그러냐?"

보란 듯이 카릴을 향해 입술을 씰룩이며 말했다.

"저게 사람이야?"

"원래 단장은 사람이 아니었지만……."

"저 꼬마도 아닌 것 같네."

비공정 안에 있던 용병들은 고든과 카릴의 일전을 보며 자신도 모르게 탄성을 질렀다. 대륙을 날아다니며 별의별 일들을 겪어봤지만 이런 광경은 처음이었다.

"저 꼬마. 분명 전에 우리에게 왔던 녀석 아냐?"

"맞아. 그때 미하일하고 몇몇 용병들을 사 갔었잖아."

"들었어? 미하일이 마법사로 전향했다는 거. 4클래스 반열에 올랐다는 소문도 있던데……."

"뭐? 그럼 완전 희귀한 거잖아. 돌아오면 더 이상 B급 용병이 아니겠네."

그들은 저마다 카릴을 바라보며 탄성을 질렀다.

사실상 자리에 없는 용병보다 눈앞에 있는 소년의 모습이 그들의 눈을 더 끌었기 때문이다.

"저 나이에 저 정도의 경지에 오른 사람이 대륙에 있었을까? 대륙제일검이라 불리는 크웰도 저 나이 땐 저러지 않았을 것 같은데."

"처음 왔을 때 단장에게 일격을 먹였을 때부터 알아봤지. 평범한 녀석이 아니란 걸."

"풋……. 네가?"

"아, 그렇다니까."

용병들은 저마다 카릴에 대한 기억을 떠올리며 대화를 나눴다. 이런저런 쓸데없는 말들이 많았지만 공통적인 감정은 바로 놀라움이었다.

"……."

다만.

그들과 달리 부단장인 제이건만은 갑작스럽게 찾아온 초대하지 않은 손님에 대한 경계심을 잊지 않았다.

콰아아아앙-!! 콰강--!!

고든이 모우터를 있는 힘껏 휘두르자 공기가 폭발하는 것처럼 해머의 머리에서 파공음이 터져 나왔다.

그 순간. 카릴의 몸이 사라졌다.

튕겨 나갔어야 할 그가 보이지 않자 고든은 황급히 고개를 돌려 그를 찾았다.

"여기냐!!"

고든은 자신을 노리는 카릴의 위치를 예측이라도 한 듯 모우터를 휘둘렀다.

3번째 긴 울음 자세(Long Weeping Posture).

카릴의 몸이 총탄처럼 튕겨져 나가며 모우터를 정면으로 막아내며 해머의 손잡이를 따라 밀려 올라가듯 그의 품 안으로 파고들었다.

"……!!"

단순한 방어로 끝이 아니다.

2번째 외뿔 자세(Unicorn Posture).

이어지는 두 번째 자세. 고든은 조금 전 무색기검과 똑같이 처음 보는 검술이었지만 그것과 달리 눈앞에 보임에도 불구하고 검의 궤도를 예측할 수 없었다.

"홉……!!"

카릴은 숨을 참았다. 그의 팔이 가볍게 떨렸다. 근육을 한계까지 사용하는 검의 다섯 자세는 그래도 연달아서 사용하기에는 아직 부담스러운 것이었다.

마력이 없던 카릴이 창시한 극의검술은 오로지 육체의 힘만으로 이뤄내는 것이니까.

하지만 이 정도의 부담을 감수하지 않고서는 고든이란 거물을 쓰러뜨릴 수 없었다.

좌아악……!!

고든의 얼굴에서 붉은 피가 뿜어져 나왔다.

"단장님!!"

그 광경을 지켜보던 단원들이 놀란 듯 소리치며 비공정에서 달려 나오기 시작했다.

츠즈즈즉…… 츠즉…….

두 사람의 자세가 마치 시간이 정지된 것처럼 굳어 서로를 바라봤다.

아슬아슬하게 카릴의 검날은 고든의 뺨을 스쳐 지나갔다.

주륵-

"……네놈!!"

뺨에 굵은 상처가 생기자 고든은 더 이상 참지 못하고 노성을 질렀다.

욱씬.

그때였다. 고든의 동작이 찰나였지만 멈추었다.

"……."

그 순간 카릴의 눈빛이 빛났다. 보통 사람이라면 눈치채지 못할 일이었지만 경지에 도달한 자들의 대결에서 그 찰나의 빈틈은 승패를 가르는 결정적 요인이었다.

퍼억-!

하나 어쩐 일인지 카릴은 움직이지 않았고 한발 늦게 움직인 고든의 손이 그의 목을 움켜잡으며 바닥을 찍었다.

콰아아앙……!!

지면이 흔들리는 소리와 함께 카릴의 몸이 바닥에 박혔다.

"네놈……."

고든은 쓰러진 카릴을 바라보며 말했다.

"소드 마스터로군."

그의 말에 오히려 카릴이 어처구니없다는 표정을 지었다.

"……그걸 이제 아신 겁니까?"

사방이 폐허가 될 정도로 난리를 치고 나서야 하는 소리라니. 아니, 애초에 소드 익스퍼트 정도의 수준이라면 고든의 일격에 이미 기절을 했을 것이다.

하지만 고든은 대수롭지 않다는 듯 말했다.

"난 마법은 배운 적이 없으니까. 클래스를 나누는 것 따윈 관심 없다. 아니, 애초에 소드 마스터라는 시답잖은 구분을 짓는 것조차 웃긴 일이니까."

"아, 네."

들으면 들을수록 카릴은 고든 파비안이 인간 외 규격의 존재라는 것을 느꼈다.

'이건 마법을 배우고 안 배우고의 문제가 아니잖아. 이 둔한 인간아.'

카릴은 고개를 저었다.

압도적인 강함에 눈치채지 못했지만 어떤 부분에서는 놀랄 만큼 무지하거나 무디다는 느낌을 받았다.

"늙다리들이 좋아하겠군. 그동안 소드 마스터가 나오지 않아 명맥이 끊겼다느니 후대는 실력이 부족하다느니 헛소리를 많이 해대서 말이야."

고든은 허리를 숙여 바닥에 깔린 카릴을 바라보며 말했다.

"어디든 강한 녀석은 결국 나오는 법인데 말이야. 안 그래?"

하지만 그렇게 말하면서도 고든은 쓰러진 카릴을 보며 자신의 건재함을 과시하는 듯 말했다.

어쩔 수 없다. 궁극의 경지에 도달한 자들은 결국 새로운 강자가 탄생한다 하더라도 자신이 지내온 시간이 그보다 족히 배는 더 많을 것이라 여겼으니까.

강자로 지내온 시간. 그건 강해질 수 있는 길이기도 하지만 오만을 품게 되는 이유이기도 했다.

"그렇죠."

카릴은 담담하게 말했다. 그러고는 있는 멱살을 잡고 있는 고든의 팔에 마력을 불어넣었다.

쩌적…… 쩌저적…….

그때였다.

"……?!"

쩌저적-! 쩍!! 콰아앙--!!

카릴을 짓누르고 있고 그의 양팔을 감싸고 있던 오토마타의 건틀렛 부분이 마치 지진으로 땅이 갈라지듯 손끝에서부터 금이 갔다.

"어?"

그 순간.

마치 양팔이 폭발하듯 튕겨 나가며 그의 전신을 감싸고 있던 대지의 갑옷이 산산조각이 났다.

쾅!! 콰과광-!!

연쇄적인 폭발과 함께 튕겨 나간 고든의 육중한 몸이 수십 미터를 날아가다 저 멀리 쌓여 있던 모래 언덕에 처박혔다.

"후우. 세월은 못 속이나 봅니다. 같은 늙다리셔서 그런가……?"

카릴은 눌렸던 양어깨가 뻐근한 듯 위아래로 저으면서 천천히 그를 향해 걸어갔다.

"쿨럭……! 쿨럭!"

고든은 지금 상황을 믿을 수 없다는 표정으로 카릴을 바라봤다.

"로제스!!"

비틀거리는 그를 바라보며 카릴이 비공정을 향해 소리쳤다.

모우터를 들고 왔던 용병 중 한 명이 어리둥절한 얼굴로 그를 향해 소리쳤다.

"……네?"

"고든의 방에서 내가 놓아둔 물건이 있을 거야. 이리로 가져와."

"아, 네. 네."

카릴의 말에 그는 황급히 몸을 움직였다. 커다란 짐을 양쪽 어깨에 둘러메고 전력을 다해 뛰어온 그는 거친 숨을 몰아쉬며 말했다.

"헉…… 헉."

"수고했어. 거기서 아는 이름이 당신뿐이라서."

"네? 절 아십니까?"

"고든이 좀 전에 말했잖아."

"아……."

턱수염이 덥수룩하게 나 있는 로제스는 카릴의 말에 어수룩하게 고개를 끄덕였다.

"고든의 망치처럼 던졌으면 널 똑같이 던져 버렸을 텐데 눈치가 있어서 다행이야. 그치?"

"……그, 그러네요."

로제스는 꾸벅 카릴에게 인사를 하고는 황급히 등에 메고 있던 것을 내려놓고는 달려갔다.

고든은 그런 그를 한심한 눈빛으로 바라보면서 어이가 없다는 듯 중얼거렸다.

"저 바보 같은 놈."

"바보 같아서 다행이라고 생각하십시오. 진짜 밖으로 던져 버려 내용물이 망가지기라도 했으면 일이 커졌을 테니까."

탈칵-

카릴은 들고 있던 상자를 열었다.

"당신이 걸린 산화혈액증은 몸 안에 흐르는 혈맥이 특정한 성분에 반응을 해서 열을 발생시키기 때문에 걸리는 겁니다. 그때 생기는 열기 때문에 덩달아 피가 끓어 마력혈도 함께 힘을 잃게 되는 것이고."

투둑…… 툭.

카릴은 고든의 심장 언저리에 아직 남아 있는 흙더미들을 치웠다.

"당신의 비기라고 할 수 있는 오토마타의 단단함이 약해진 것도 어쩌면 그 때문일지도 모르죠. 전성기 시절의 힘이었다면……."

그는 어깨를 가볍게 들썩였다.

"만분의 일의 가능성이지만 제 검격에 갑옷이 부서지지 않았을지도요."

"흥……. 자신만만한데? 어차피 부서질 거란 말이었냐."

카릴은 그의 핀잔에 피식 웃었다.

"농담입니다. 정말 전성기였다면 아직은 힘들지 모르겠네요. 역시 대륙의 5대 소드 마스터네요."

"같잖은 칭찬은 사양이다."

"하지만 약해진 게 다행입니다. 지금 몸 상태에 마력을 그대로 쓸 수 있었다면 오히려 지금처럼 살지 못했을 테니까."

"뭐?"

"조금 전의 빈틈. 통증 때문 아닙니까?"

고든은 뭐라고 하려고 입술을 씰룩이다가 말았다.

"당신도 알 텐데요. 그 상태에서 공격을 받았다면 결과가 어떻게 되었을지 말이야."

"……."

"내 검에 팔이 잘리던지 그전에 심장마비로 죽었을 테니까."

인정할 수밖에 없다. 카릴은 지금 자신의 상태를 완전히 꿰뚫어 보고 있었다. 고든은 왠지 그런 그를 보며 설령 전성기 시절이라 하더라도 카릴의 검술에 자신의 오토마타가 버틸 수 있었을까 하는 의문이 들었다.

"뭘 하려는 거지?"

카릴은 품 안에서 열쇠 하나를 꺼냈다.

"이런."

하지만 고든과의 격돌에서 완전히 구겨져 엉망이 되어버려 사용할 수가 없었다.

철컥-

부서진 열쇠를 던져 버리고서 그는 망설임 없이 커다란 상자의 잠금쇠를 뜯어 뚜껑을 열었다.

화아아악……!!

순간.

엄청난 냉기와 함께 새하얀 김이 상자 안에서 흘러나왔다.

상자 안에는 한 개의 가격도 비싼 4각의 요람석 수십 개가 들어 있었다.

"……!!"

상자 안에 들어 있는 것을 본 순간 고든의 눈이 크게 떠졌다.

"여기까지 가지고 오느라 꽤나 애썼습니다. 썩지 않게 유지하기 위해선 냉기가 필요한데 4각 이하의 속성석은 이 녀석의 피부에 소용이 없으니까요."

자신의 죽음조차 알아차리지 못한 듯, 살아 있는 것처럼 눈을 부릅뜨고 커다란 부리를 크게 벌리고서 죽은 아이아코스의 머리였다.

"어떤 녀석인지는 설명하지 않아도 아시겠죠. 산화혈액증의 반응을 늦추기 위해서는 마력혈에 자극을 줘서 운동성을 높여야 합니다."

"으음."

"꽤나 구하기 어려운 겁니다. 운이 좋았으니 푹 고아서 드십시오. 임시방편은 될 겁니다. 아이아코스에 담긴 전격의 힘이 자극이 되어 혈액의 순환을 빠르게 도울 테니까."

"……이걸 먹으라고?"

고든은 그의 말에 낯빛이 굳어지며 되물었다.

하지만 오히려 카릴은 그게 무슨 대수라는 듯 말했다.

"아직 살 만한가 보군요. 먹기 싫으면 관두시죠. 죽기 전에 보기 좋고 먹기도 좋은 뇌(雷)속성의 S급 마물을 찾을 수 있다면 말입니다."

애초에 먹기 좋은 마물이란 게 있을 리가 없거니와 S급 마물을 잡는 것도 쉬운 일이 아니었다.

"자, 잠깐……!"

고든은 다급하게 물었다.

"내가 뭘 믿고 네 말을 따라야 하지?"

"먹고 나서 아무런 변화도 없다면 제 목을 치시죠. 상관없습니다."

사실. 고든 파비안을 살릴 수 있는 방법은 미래에도 없었다. 산화혈액증이라는 병 자체가 유전적인 것으로 태생에 따라 정해지는 것이었으니까. 그 수가 적은 희귀병이었기에 정확한 실험을 하기에도 어려웠기 때문이다.

'알른 자비우스. 당신에게 다시 한번 고마워지는군. 내게 그 지식을 전수해 주지 않았더라면 고든 파비안은 살릴 수 없었을 거야.'

현시대에는 불치병이라고 알려진 마력중독도 마도 시대에는 그저 감기 같은 병에 불과했다. 고든이 앓고 있는 유전병인 산화혈액증 역시 특이하지만 마도 시대에도 존재했던 병이었다.

5클래스에 도달하기 전. 카릴은 머릿속에 주입되어 있는 막연한 지식들을 찾아내는 것조차 버거웠다. 하지만 지금은 비록 일부분이라 할지라도 마법 이외의 알른이 기록해 놓았던 마도 시대의 지식을 활용할 수 있었다.

'운이 좋게도 그 시절에도 산화혈액증이 있었다는 것이지.'

지금보다 훨씬 더 마법이 융성했던 시절이었으며 7인의 원로회가 존재했던 때였다.

툭- 툭-

카릴은 얼어 있는 아이아코스의 머리를 가볍게 두들기며 말했다.

"아까도 말했다시피 이건 임시방편입니다. 마력을 운용하는 데에 있어서 한결 편해지겠지만 완치는 아니죠. 천하의 고든 파비안이 이빨 빠진 맹수가 되게 놔둘 순 없어서 말이죠."

"……."

어린아이에게 보살핌을 받는 격이라 고든은 자존심이 구겨지는 듯 인상을 찡그렸다.

"산화혈액증이 어떤 성분에 반응해서 일어나는 것인지 압니까?"

"그게 뭐지?"

원인을 알면 치유법도 찾을 수 있을 터.

고든은 황급히 물었다.

"알콜."

그 순간, 카릴의 말에 그의 얼굴이 구겨졌다.

"술 끊으세요. 죽고 싶지 않으면."

"미친놈."

고든은 그를 향해 코웃음을 쳤다. 비공정의 한편에 있는 창고에 음식보다 많은 것이 술이었으니까.

"불치병 맞네."

고든의 입장에선 어찌 보면 원인을 알아도 절대로 치유할 수 없는 병이었으니까.

카릴은 그런 그의 모습에 역시나 하는 표정으로 피식 웃었다.

"그게 싫으면 다른 방법도 있긴 한데……."

"뭐……?"

처음과 달리 고든은 솔깃한 표정으로 물었다. 그는 차라리 죽으면 죽었지 술을 끊을 수 있는 사람은 아니었으니까.

"공짜로?"

그러자 카릴은 고든의 어깨를 가볍게 두들겼다.

"그건 안 되죠."

순간 카릴은 묘한 미소를 지었다.

"······바라는 게 뭔데?

이번에야말로 고든에게서 주먹 대신 대답이 들려왔다.

"들어보도록 하지."

밀리아나는 눈앞에 있는 서약서를 꺼내 확인할 생각도 하지 않고 크로멘과 티렌을 번갈아 가며 바라봤다.

"중앙은 꼭 왕이 아니더라도 수하가 대신 의사를 표현할 수 있다지? 내 생각이 짧았네. 애초에 사신을 보낸다는 것 자체가 왕이 직접 나선 게 아닌데 말이야. 내가 조금 감정이 격했어."

'말도 안 되는 소리.'

아무리 남부의 야만족이라 하더라도 그녀는 한 부족의 우두머리였다. 게다가 올리번과 밀약을 했다는 사실은 공공연하게 모두가 알고 있는 일.

그런 자가 이런 당연한 규율을 모를 리가 없었다.

"원한다면 이제부터는 자네가 황자 대신 내게 이야기를 해도 됨을 허락하지."

티렌은 밀리아나가 말도 안 되는 핑계로 지금까지 자신들과의 만남을 미룬 것에 대해 사과하고 있다고 생각했다.

"아닙니다."

하지만 지금은 이런 사과라도 받아들일 수밖에 없었다.

'끝까지 거만하게 얘기할 수 있는지 지켜보지.'

"이야기에 앞서 제 모자란 동생을 도와주신 것에 대해 감사드립니다."

그는 칼을 가는 눈빛으로 여왕을 한 번 바라보고는 나지막하게 말했다.

"감사할 일도 아니다. 다행히 회복이 되어 형제가 이야기를 나누었으니 기쁜 일이지."

티렌은 보이지 않게 숨을 토해냈다.

인사치레는 여기까지면 충분하다.

"여왕님께서도 아시다시피 제국은 크로멘 황자님을 비롯해서 모든 황자님이 이번 사건을 해결하기 위해 남하하였습니다."

"그 해결 방법 중에 한 놈은 날 죽이려 했지만."

밀리아나는 대수롭지 않은 일이라는 듯 어깨를 가볍게 으쓱하고는 계속하라는 의미로 손을 흔들었다.

"이번 사건은 려기사단의 전멸에 대한 해결이었습니다만 저희들은 가장 중요한 것을 놓치고 있었습니다."

"그래?"

"기사단을 전멸시킨 것이 정말 남부의 야만족인가 하는 것입니다."

"흐음."

티렌의 말에 밀리아나는 고개를 천천히 끄덕였다.

"안타깝게도 이 사건이 일어난 뒤, 남부와 제국 간의 의사소통이 원활하지 못했습니다."

"그래서?"

"하나 여왕님의 배려로 려기사단의 마지막 생존자인 제 동생과의 만남에서 흥미로운 사실을 알게 되었습니다."

"배려라……."

밀리아나는 묘한 웃음을 지었다.

"뭐, 좋다. 그래서?"

애초에 카릴의 정체에 대해서 알지 못하는 티렌으로서는 그녀의 속내를 짐작할 수는 없는 일이었으니까.

"이번 제국과 남부의 문제의 발단은 려기사단의 전멸로 인한 것입니다."

티렌의 말에 모두가 고개를 끄덕였다.

"마, 맞습니다."

특히나 크로멘은 마치 기대하는 것처럼 그의 말이 끝날 때마다 동조하듯 대답했다. 그의 모습에 유린 휴가르와 엘리엇은 살짝 인상을 찡그렸지만 내색하지 않았다.

다만 유린만이 슬쩍 케플란의 눈치를 살필 뿐이었다.

"비록 려기사단이 남부의 5대 일가와 마찰이 있었다고는 하나 전멸이라는 상황은 실로 안타까운 일. 하지만 남부의 문을 열어준 디곤 일족이 이런 상황을 만들었으리라 생각하지……."

쾌아앙--!!

그 순간.

티렌의 말이 끝나기도 전에 밀리아나의 쌍검 중 하나가 그의 쇄골을 베며 막사의 기둥에 박혔다.

"누가 뭘 열어줘? 이봐, 내가 지금 잘못 들은 거겠지?"

주르륵…….

피가 옷을 적셨다.

"……!!"

모두가 그 광경에 놀라지 않을 수 없었다. 빗장뼈가 보일 정도로 깊게 베인 상처임에도 불구하고 티렌은 천천히 손을 들어 한쪽 가슴에 손을 얹으며 말했다.

"무례를 용서하시옵소서."

"계속하라."

안색이 파랗게 질린 티렌은 당장에라도 쓰러질 듯 보였지만 집중력의 끈을 놓지 않았다.

"어찌 보면 이번 일은 제국과 디곤이 싸울 일이 아닐지 모릅니다."

그는 서약서를 바라봤다. 무슨 일이 있어도 여왕이 저 안에 있는 서류에 사인을 하도록 만들어야 했다.

"오히려 협력해야 하는 일입니다."

"협력이라……. 남부와 중앙과의 관계를 모르고 하는 소리는 아닐 테고."

밀리아나는 티렌의 상처 따위는 안중에도 없다는 듯 계속해서 질문을 이어갔다.

"제국은 명백하게 남부를 침공할 의사를 밝혔다. 그 증거가 바로 제1황자의 대군이지. 이스트리아 삼국에 의해 막혔으나 만약 그 대군이 너의 뒤에 있다면?"

그녀는 날카롭게 말했다.

"과연 너희들이 지금과 같은 태도를 취했을까?"

"……."

그 순간 티렌은 자리에서 일어섰다.

모두의 이목이 그의 행동에 집중되었다.

스릉-

티렌은 기둥에 박힌 검을 두 손으로 있는 힘껏 뽑았다. 팔을 들어 올리는 것조차 고통스러운 일일 텐데 그의 표정은 여전히 변함없었다.

저벅…… 저벅…… 저벅…….

그는 앞으로 걸어가 무릎을 꿇고는 양손으로 기둥에서 뽑은 검을 머리 위로 올렸다.

"제국은 강국입니다. 루온 황자가 출병을 한 것은 기사단의 전멸에 있어 강국의 면모를 보이기 위함이었습니다. 그들의 죽음은 안타까우나 덕분에 저희들이 디곤에 온 것 또한 천재일

우의 기회."

티렌은 눈빛을 빛냈다.

"이번 일을 계기로 여왕님께서 바라오시던 것을 이루실 것입니다."

"하하. 너는 내가 원하는 것을 알고 있다는 듯 얘기하는구나."

티렌의 옷이 절반가량 피로 물들었다. 출혈로 인해 쓰러질지도 모르는 상황임에도 불구하고 밀리아나는 그가 올린 검만을 받았다.

"저……."

사제인 유린이 보다못해 말을 하려했지만 그런 그를 케플란이 막았다. 잔혹하기는 하지만 이번 일을 풀어낼 수 있는 사람은 티렌뿐이라는 것을 알고 있었으니까.

"강국의 면모라……. 마치 협박처럼 들리는구나."

"시시비비를 가리기를 원할 뿐이옵니다. 저는 이번 사건에 있어서 주요한 참고인으로 맥거번 가의 넷째이자, 려기사단의 기사. 제 동생인 란돌 맥거번을 이 자리에 참석하길 원합니다."

"그가 온다 한들 이 사태에 어떤 도움이 될까?"

"여왕님도 저희도 알지 못하는 것을 그가 알고 있기 때문입니다."

"호오……?:

"기사단을 전멸시킨 진범이 따로 있다는 것."

모두가 그를 주목했다.

"그리고 그 진범이 디곤과 연관이 있다는 것."

일순간. 티렌의 말에 막사의 분위기가 가라앉았다. 유린 휴가르는 만일을 대비해 크로멘의 옆으로 조금 더 움직였다.

비공정 안에서 말했던 것처럼 만일 그 범인을 디곤이 숨겨주고 있는 것이라면 사실을 은폐하기 위해 3황자를 어떻게 할지도 모르는 일이었으니까.

"란돌을 들라 하라."

하지만 티렌의 말에 밀리아나는 예상했다는 듯 밖을 향해 소리쳤다. 이미 대기를 시켜 놓은 듯 막사 안으로 들어온 란돌은 크로멘에게 인사를 했다.

"소신의 불충을 용서하십시오. 황자님."

"아닐세. 자네가 살아 있는 것만으로도 다행이야."

그저 이 무겁게 짓눌리는 공간에서 벗어나고 싶은 마음뿐인 3황자는 자신의 아군이 한 명 더 늘어나는 것에 그저 기쁜 표정이었다.

"진범이 디곤과 관련이 있다, 라……."

처음으로 밀리아나는 티렌이 자신에게 올렸던 상자에 손을 가져갔다.

탈칵-

"흐음."

그녀는 상자의 뚜껑을 열고는 안에 있는 양피지를 꺼내었다.

"너."

천천히 그것을 훑던 그녀는 티렌을 향해 입을 열었다.

"네가 뱉은 말에 책임질 수 있나?"

똑- 똑-

"저…… 대령했습니다. 단장님."

로제스는 무거운 분위기의 집무실 문을 열고는 눈치를 살피듯 조용히 말했다. 산적 같은 그의 손에는 커다란 그릇이 들려 있었다. 고약한 냄새가 방 안에 가득했다.

"저 덩치가 주방장일 거라고는 상상도 못 했네요."

카릴은 로제스를 바라보며 말했다.

"사람은 생긴 것만으로 판단하면 안 되지."

고든은 로제스가 들고 온 그릇을 받아 들고는 여전히 굳은 표정이었다.

"아뇨. 그럼 굳이 힘들게 가지고 오라 마라 하지 않고 비공정 안에 들어가서 얘기했으면 좋았으니까요."

카릴의 말에 로제스는 덥수룩한 수염을 쓰윽 만지고는 어수룩하게 고개를 끄덕였다.

"실없는 녀석."

두 사람 중에 누구에게 하는 소리인지 아니면 둘 다에게 하는 소리인지 모르겠지만 고든은 쯧, 혀를 차고는 고개를 내렸다.

부글…… 부글…….

아직 열기가 식지 않아 기포가 방울방울 터지는 국물은 마물의 껍질이 그대로 둥둥 떠 있고 진액은 꼭 썩은 물처럼 탁한 색이었다.

"……."

"아이아코스의 머리가 커서 두어 번은 더 달여 먹을 수 있을 겁니다. 그치?"

"네, 넵. 카릴 님께서 알려주신 방법으로 하니까 엑기스도 아주 잘 나오고……. 더 많이도 가능합니다."

"아냐. 됐다."

"많이 먹으면 먹을수록 통증도 줄어들 겁니다. 뭐…… 완전히 낫는 건 아니지만."

고든은 진액이 들어 있는 그릇을 들어 카릴에게 보이며 말했다.

"그럼 이런 임시방편 말고 완치 방법을 알려줘야지. 날 가지고 노는 게냐."

"밑천까지 모두 보이란 말입니까."

하지만 그런 그의 일갈에도 카릴은 주눅이 들지 않고 오히려 당당히 말했다.

"제가 뭘 믿고요?"

조금 전 일전을 벌일 때 고든이 했던 말 그대로 갚아주었다.

꿀꺽, 꿀꺽, 꿀꺽.

못마땅한 눈빛으로 카릴을 흘기면서도 고든은 들고 있던 그릇을 단숨에 비웠다. 최소한 카릴에 대한 의심은 없어진 듯 보였다. 만든 로제스조차도 그걸 먹는 모습을 보며 오만상을 찌푸렸다.

"흠."

하지만 고든은 교도 용병단의 단장이란 명성답게 표정 하나 변하지 않았다.

"시간이 지나면 편해지실 겁니다. 이따금 통증이 올 수 있지만 마력혈을 자극하는 것이니까 억지로 멈추려고 하지 마십시오."

"네놈은 치유사들보다 더 많은 걸 알고 있구나. 비공정의 엔진도 그렇고……. 도대체 네 지식은 어디서 나오는 거지?"

고든은 흥미로운 눈빛으로 카릴을 바라봤다.

"비밀입니다."

"잘도 그런 소리를 하는군."

그는 자신은 믿었는데 넌 왜 숨기느냐는 듯 비운 그릇을 보였다.

하지만 카릴은 그 한마디로 일축하고는 로제스를 향해 가볍게 손을 저었다.

로제스는 멍하니 있다가 뒤늦게 알아들은 듯 고든에게서 그릇을 받아 방을 나섰다.

"내가 원하는 걸 어차피 쥐고 있는 건 네 녀석이니……. 좋다. 네가 원하는 것부터 듣지."

카릴은 그런 그를 향해 물었다.

"크로멘 황자가 디곤에 있다지요?"

"소식 하난 빠른 놈이군."

"나름 타투르에서 정보 상인도 겸하고 있으니까요."

자신이 만든 판이라는 걸 모를 고든에게 굳이 사실을 알릴 필요는 없었다. 가진 패는 최소한으로 그리고 상대방의 패는 확실하게. 그것이 카릴의 생각이었다.

"하긴 요란한 사건이었으니까. 맞다. 지금 3황자가 내 비공정을 타고 디곤과 접촉했지. 이유는 네 녀석도 알겠고."

그는 그걸 왜 묻느냐는 듯한 표정으로 카릴을 바라봤다.

"고든 경께서는 3황자가 이번 일을 해결할 수 있다고 보십니까?"

"……뭐?"

생각지도 못한 질문에 고든의 눈썹이 살짝 씰룩거렸다.

"확실히 3황자는 유약하지. 하지만 주변에 꽤나 똑똑한 녀석이 있다. 그 녀석이라면 이번 일을 타개할 수 있을지도 모르지."

두 사람의 머릿속에 떠오르는 사람은 같았다.

티렌 맥거번. 두 사람의 그에 대한 평가 역시 똑같았다.

다만, 유일하게 한 가지 다른 점이 있다.

"실패할 겁니다."

카릴은 낮은 목소리로 말했다.

바로 이번 협상에 대한 결말을 보는 시선이었다.

"……."

그는 티렌과 밀리아나의 설전이 벌어지고 있을 디곤의 막사가 있는 곳을 바라봤다.

"네가 그걸 어떻게 확신하지?"

고든은 눈살을 찌푸리며 그를 바라봤다.

하지만 카릴은 그 결과를 알고 있다는 듯 확신에 찬 표정이었다.

'미안하지만 티렌. 네가 죽을 만큼 머리를 굴렸던 계획은 실패할 거다.'

진범을 밝히고 그에 대해 죄를 물으며 모든 죄목을 그에게 쏠리게 하여 디곤과 제국 간의 관계를 다시 돈독하게 만든다. 가장 이상적인 방법이다.

'아니. 무조건 실패해야 한다. 그래야 내 계획이 완성될 수 있으니까.'

정확히는 3황자의 실패.

카릴은 막사를 떠나기 전 이미 밀리아나와 그렇게 약조를 했다. 그 어떤 조건을 제시해도 그녀는 제국과의 화친을 받아들이지 않도록 말이다.

'하나 오늘의 실패가 널 더 강하게 만들어줄 거다. 그리고 전생보다 강해져야 한다. 비록 내가 너에게 준 이 매섭게 담금질한 날이 나를 겨눌지라도 말이야.'

카릴은 씁쓸한 미소를 지었다.

'분통하겠지. 억울할 거다. 하지만 네가 흔들리는 모습이 필요하다. 그 모습에 3황자는 흔들리는 정도가 아닌 완전히 무

너질 터.'

카릴은 천천히 고든에게 다가갔다.

'그게 내가 바라는 일이다. 네게 흔들릴 때 크로멘은 다른 의지할 사람을 찾아 도망칠 테니까.'

누군지는 이미 정해져 있다. 그리고 그자가 바로 자신이 노리는 최종 목표였다.

"제가 바라는 건……."

카릴은 고든에게 나지막한 목소리로 말했다.

"……!!"

그의 말을 들은 고든 파비안의 눈동자는 자신의 불치병을 고칠 수 있다는 얘기를 들었을 때보다 더 놀라움에 커졌다.

"어떻게 되었지?"

노을이 진 뒤 늦은 저녁이 되어서야 디곤으로 갔던 크로멘 일행이 돌아왔다.

"……죄송합니다."

티렌은 낮은 목소리로 말했다. 얼마나 뜨거운 설전을 벌였던 것인지 그의 목이 완전히 쉬어버렸다.

"꼴이 말이 아니군."

지친 기색이 역력한 티렌을 바라보며 고든은 탄식과도 같은 목소리로 나지막하게 말했다.

"이게 모두 제 무능함 탓입니다."

크로멘은 고개를 숙였다.

하지만 모두가 알고 있다. 열 살도 채 안 되는 어린아이가 이 상황에서 할 수 있는 것이 과연 얼마나 될까.

쿵, 쿵, 쿵…….

의자에서 일어나 거대한 덩치로 걸어 내려온 그는 크로멘을 향해 무릎을 꿇으며 말했다.

"황자님, 외교란 전쟁과 똑같은 것입니다. 승패는 언제나 있는 법입니다. 너무 상심하지 마십시오."

"하지만……."

고든은 작은 어깨에 손을 얹었다. 커다란 그의 한 손에 잡힐 듯 보였다.

"남부에 발을 디디는 일조차 강인한 1황자도 영특한 2황자도 실패한 일입니다. 황자님께서는 이미 형님들이 하지 못한 일을 이루신 것입니다."

"그럼……. 고든 경. 나는 어찌해야 하오. 이대로 폐하를 볼 면목이 없습니다."

"……."

그 순간 고든의 눈이 떨렸다.

무언가 말을 하려던 그는 잠시 머뭇거리더니 입을 열었다.

"일단 쉬시지요."

►Chapter 3◄

'이 자식……'

고든은 크로멘이 돌아간 뒤 카릴의 얼굴을 떠올리며 살짝 이를 갈았다.

"그 녀석은 정말로 협상이 결렬될 걸 알았어. 역시 뭔가 손을 쓴 건가."

파직-!!

그 순간.

손에 힘을 주자 그가 앉아 있던 의자의 팔걸이 부분이 산산조각이 났다.

'자신 있다고 하지 않았더냐, 티렌.'

'죄송합니다.'

'죄송하다는 사과는 네 무능함을 더 알리는 것에 지나지 않는다. 이대로 제국으로 돌아간다면 크로멘 황자님은 두 황자의 표적이 될 뿐이야.'

크로멘을 먼저 돌려보낸 뒤, 둘만 남게 되었을 때 고든은 티렌에게 디곤에서 있었던 일을 물었다.

'란돌의 증언이 있었음에도 불구하고 여왕은 이번 진범을 찾는 것에 대해 그 어떤 도움도 줄 수 없다고 했습니다. 오히려 저희들이 이 사건을 밝히지 못한다면 대가를 치러야 할 거라고.'

'흐음⋯⋯.'
이미 카릴에게 들은 이야기가 있었음에도 고든은 어처구니가 없었다.

'하지만 나락 바위에 저희들이 들어가는 것은 또 거절했습니다. 신성지를 더 이상 더럽힐 수 없다는 이유로요. 결국, 어떤 조사도 어떤 도움도 주지 않겠다는 말이겠지요.'

'그년은 전쟁이라도 바란다는 말이냐. 처음부터 마음에 안 들더니. 끝까지 재수가 없군.'
고든은 티렌의 말을 곱씹으면서 인상을 구겼다.

'상식적으로 말이 되지 않습니다. 제국과의 불화는 디곤의 입장에서도 부담스러운 일일 터. 여왕이 올리번 황자와 밀약을 했던 것도 그 때문이 분명할 텐데…….'

어째서인지는 몰라도 밀리아나는 거두절미하고 무조건 도움을 주지 않겠다, 라는 답만 내뱉을 뿐이었다.

'절대로 포기할 수 없는 조건이라 생각했는데…….'

청린(靑燐). 제국은 회색교장이 공략된 이후 나락 바위에서 청린을 채취할 수 있는 방법을 발견했다. 려기사단이 그곳에 간 이유도 그 때문이었다.

티렌이 제시한 것은 화친의 대가로 바로 그 청린의 생산량 중 일부를 제공하겠다는 것이었다.

'야만족들은 청린을 구하지도 못한다. 디곤의 입장에서는 어차피 자신들이 피해를 입은 것도 아니니 마다할 이유가 없을 텐데…….'

도무지 이해가 안 갔다. 그의 눈에는 상식이나 이해관계를 떠나 막무가내로 그녀가 자신들과의 협의를 거절하고 있는 것처럼 보였기 때문이었다.

사실, 그의 평가는 제대로였다. 당연한 일이었다. 제국은 청린의 채취법을 오직 자신들만 알고 있다고 자신하고 있었지만 밀리아나는 이미 카릴을 통해 청린에 대한 거래를 끝냈다. 그녀로서는 아쉬울 것이 없다는 말이다.

'흐음……'

불세출의 천재라고 불리게 될 티렌 맥거번이었지만 지금은 그저 카릴이 만들어놓은 판에서 헤매고 있을 뿐이었다.

"남부의 패자라고 불리는 여왕이 이스트리아 삼국의 얼간 이들처럼 답답한 자 일리가 없어."

막사 안에서 봤던 밀리아나의 얼굴을 떠올리며 고든은 중얼 거렸다.

"뭔가 이유가 있다."

티렌과의 대화를 떠올리며 결론을 지었다. 단순히 중앙인 에 대한 적개심으로 이런 일을 벌이는 것이 아니라는 것.

"도대체 그 녀석이 무엇을 했기에 저렇게 무리하면서까지 디 곤이 녀석의 말을 듣는 거지……?"

하지만 안타깝게도 고든조차도 감이 오지 않았다. 무리라 고 여겨질 정도로 디곤이 제국을 거절하는 이유가…….

"단장님."

문밖에서 제이건의 목소리가 들렸다.

"들어와."

끼이익…….

문이 열리자 비틀거리며 다급하게 그의 앞에 무릎을 꿇는 부하가 있었다.

"보고드리겠습니다."

고든은 제이건의 얼굴을 한 번 바라보고는 고개를 숙이고 있는 부하를 보며 낮은 한숨을 내쉬었다.

"됐다."

"……네?"

"꼴을 보아하니 한바탕 난리를 치른 모양인데."

그는 부하를 바라보며 한심하다는 듯 혀를 차고는 손을 저었다.

"……."

"성공한 얼굴이 아니군."

"죄, 죄송합니다."

부하는 황급히 머리를 바닥에 처박고는 대답했다.

"멍청한 놈…… 도대체 뭘 했기에 실패를 한 거야!! 조사는 충분히 끝냈다고 했잖아!"

퍼억-!!

티렌의 실패에 이미 감정이 상할 대로 상해 있는 고든의 분위기를 재빨리 살핀 제이건은 옆에 있던 부하의 옆구리를 걷어차면서 호통쳤다.

"교도 용병단에 실패란 있을 수 없는 일이다!!"

"죄, 죄송합니다!!"

그것도 그냥 의뢰가 아닌 단장이 내린 명령이었으니 살기 위해서는 최소한 팔 하나는 각오해야 할 것이었다.

"흐음."

하지만 평상시라면 난리가 났을 상황인데 어쩐 일인지 고든은 감흥이 없다는 듯 물끄러미 부하를 바라봤다.

"단장님?"

제이건이 불안한 눈빛으로 그를 바라봤다.

그 순간 전혀 예상치 못한 물음이 고든에게서 들려왔다.

"부상자는?"

'아……! 맞다. 참고로 용병들 푼 건 거두시는 게 좋을 겁니다.'

'뭐?'

비공정을 떠나기 전에 카릴은 고든의 방에 문을 열고 멈춰서서는 말했다.

'남부의 단점이라면 식수와 식량을 구하기 어렵다는 것이죠. 하지만 식량이야 사냥과 수렵을 통해서 하고 있으니 막기 어렵지만 식수는 다르죠. 그래서 디곤에게 있어서 유일한 약점이라면 식수처인 판돈의 오아시스뿐이라는 것. 차지할 수만 있다면 유리하게 협상을 진행할 수 있긴 할 텐데……'

그때 카릴은 묘한 미소를 지었었다.

'쉽게 안 될 겁니다.'

'무슨 소린지 모르겠군.'

'고도 용병단의 실력이라면 오아시스의 수비군을 뚫는 것은 어렵지 않을 겁니다. 고도 용병단은 한 나라와 맞먹는 힘을 가졌다고 소문이 자자하지 않습니까.'

'너…… 뭔가 수작을 부린 거냐.'

칭찬처럼 들리지만 상대가 상대인 만큼 고든은 오히려 의심이 먼저 들었다. 하지만 그런 그의 물음에도 카릴은 아무것도 모른다는 표정으로 말했다.

'설마요. 하지만 아시다시피 남부의 오아시스는 디곤만이 쓰는 게 아니잖습니까. 거길 건드리는 건 다른 부족들이 가만있지 않을 것 같아서 말씀드리는 겁니다.'

대화는 거기까지였다.

"다, 다행히 죽은 사람은 없습니다. 녀석들도 싸운다기보다는 저희들이 오아시스에 접근하는 것을 막으려는 정도였어서……."

보고를 하는 부하는 어쩔 줄을 몰라 살짝 떨리는 목소리로 말했다.

"디곤족은?"

"그들도 있었습니다만 수가 많지 않았습니다. 조사했던 그대로였던지라 방해만 없었다면 충분히 처리할 수 있는 수준이었습니다."

"그런데?"

"갑자기 난입한 병력이 있었습니다. 숫자도 천 단위가 넘어
가는 바람에……."

"흐음."

"그런데 정작 디곤 녀석들도 저희와 마찬가지로 부대가 나
타나니 놀라는 투였습니다."

'그놈들도 몰랐단 말인가.'

부하의 말에 고든이 살짝 눈썹을 치켜들었다.

"난입한 녀석들이 누군지는 알아냈겠지."

"무, 물론입니다."

"다행이군. 그것마저 놓쳤으면 널 두들겨 패줬을 테니까."

고든의 말에 부하는 식은땀을 주르륵 흘리며 대답했다.

"분명 비…… 비궁족과 투족이었습니다."

"하……."

보고에 말에 고든은 같잖다는 듯 헛웃음을 지었다. 그 웃음
이 혹여나 자신을 향한 것이 아닐까 하는 두려움에 부하는 마
른침을 꿀꺽 삼켰다.

'다른 부족? 웃긴 놈. 비궁족과 투족은 디곤과는 완전히 반
대쪽에 있는 놈들이잖아.'

하지만 이미 고든은 부하 따윈 안중에도 없는 듯 떠나기 전
에 얄밉게 모른 척 말한 카릴의 얼굴을 떠올리며 생각했다.

'그놈들이 쓰는 식수는 따로 있다. 한가롭게 수십 킬로미터를 달려와서 남의 식수의 안전까지 신경 쓴다고?'

애초에 디곤 일족이 남부의 문을 열어줘서 이 사달이 났는데 그들이 뭐가 좋다고 디곤을 위한단 말인가.

부하의 말을 종합해 보면 사전에 협의도 없이 자신들이 오아시스를 습격하려고 했을 때 갑자기 디곤의 반대편 대초원의 부족들이 이곳까지 왔다는 말이다.

'그 말은 내가 손을 쓸 것을 예상했다는 것.'

멀리 떨어져 있는 야만족들이 무슨 수로 자신의 생각을 읽겠는가. 이곳에 있는 자가 아니면 불가능 한 일이었다.

'거기에 황자가 디곤과 협상을 할 거라는 것까지 알고 있었다는 건데……'

고든은 카릴이 떠나기 전 마지막으로 했던 말이 머릿속에 계속해서 맴돌았다.

'설마 이것마저 네놈이 손을 쓴 거라면……'

그의 눈빛이 빛났다.

'도대체 어디까지 판을 벌여놓은 거냐.'

증거는 없지만 확실하다. 고든의 본능이 말해주고 있었다. 그는 눈앞에 카릴이 있다면 한 대 때려주고 싶은 마음이었다. 진심을 다해서 말이다.

"짜증 날 정도로 완벽하게 맞아떨어져. 좋지 않은데……아무리 봐도 이건 녀석의 손바닥 위에서 놀아나는 기분이란 말이야."

고든은 자신의 행동까지 예측해서 미리 막은 카릴의 모습에 질린다는 표정을 지었다.

"무슨 일이 있으셨습니까?"

제이건이 그런 그를 향해 살짝 긴장된 표정으로 물었다. 그는 꽤 오랫동안 고든을 봐왔었다. 고든은 가진 강함만큼이나 남의 말을 듣기보다는 오직 자신의 의지를 관철시키는 남자였다.

'정체가 뭐지…… 그 녀석.'

제이건은 카릴을 떠올리며 생각했다.

고든이 수상한 약을 의심 없이 먹는 것도 그렇지만 죽자 살자 싸웠던 자와 마치 오래된 친우처럼 대화를 하는 모습이 어쩐지 자신이 알고 있는 그와 달랐기 때문이다.

"아무것도 아니다."

하지만 고든은 카릴과의 대화를 부단장에게조차 알리지 않았다.

"……"

제이건에 대한 자신의 평가까지 꿰뚫어 보고 있던 카릴의 말이 생각나 그는 입술을 씰룩였다.

'오아시스의 일이야 차선책으로 준비했던 것이니 상관없다. 문제는 디곤과의 협상 결과까지 그놈이 생각대로 되었다.'

디곤의 약점을 쥐기 위한 마지막 방법까지 무산되었다.

"날뛰는 꼴이 좀 마음에 들지 않긴 한데……."

고든은 의자에 등을 기대고는 턱을 쓸어 넘기면서 낮은 목소리로 중얼거렸다.

"또 이게 하는 일마다 궁금하게 만든단 말이지."

순간 결심이 선 듯 고든은 제이건을 바라봤다.

"크큭……. 이렇게 되면 녀석의 말을 들어줄 수밖에 없잖아."

"……?"

그의 옅은 웃음에 제이건은 어쩐지 불안한 눈빛으로 그를 바라봤다.

"내일 황자를 이리로 모셔라. 디곤이 이렇게 나온 이상 돌아간다."

"네? 그냥 이대로요? 최소한 오아시스에서 만난 야만족들이라도 처단을 해야 하는 것 아닌가요?"

"무슨 이유로? 우리 쪽에서 먼저 그놈들의 영역에 쳐들어간 건데?"

제이건은 인상을 구겼다.

"받은 건 배로 갚아준다. 이게 단장님 아니셨습니까? 이대로는 교도 용병단이 우습게 보일 겁니다."

"지금은 쓸데없는 일을 벌일 때가 아니다. 황자님의 일이 최우선이야."

"……알겠습니다."

제이건은 입술을 깨물었지만 더 이상 반론을 하지 않고 고개를 끄덕였다.

"넌 따라와."

부하는 매서운 그의 목소리에 낮은 한숨을 내쉬며 그의 뒤를 따라 방을 나섰다.

"나도 미쳤군."

내뱉은 말은 다시 주워 담을 수 없다.

'놈아. 네가 바라는 만큼 해주지. 과연 네 행동이 시국에 어떤 영향을 끼칠지……'

고든은 턱을 쓸며 생각했다.

"같이 봐야겠다."

휘이이익-

창밖으로 바람이 불었다.

그는 카릴 맥거번이 자신에게 제시한 조건을 기억했다.

'제가 내가 원하는 것은 별거 없습니다. 디곤과의 거래가 실패한다면 크로멘을 베스탈 후작령으로 돌려보내라는 것입니다.'

의문점이 많았다. 물론 황명을 받은 황자가 명을 수행하지 못하고 돌아가는 것은 큰일이지만 자신의 목숨을 살리는 대가로는 뭔가 석연찮은 구석이 많았기 때문이다.

'왜 하필 그곳이지? 그곳은 루온의 사람들이 있는 곳이다. 크로멘과는 연관이 없어. 단순히 남부에서 돌려보내는 것이라면 비공정을 타고 황도로 바로 가는 것이 제일 확실한데.'

고든은 눈을 흘기며 생각했다.

'굳이 그곳에 크로멘과 연이 있는 자를 꼽는다면……'

딱 한 명 있긴 했다. 지금이라면.

가도의 길이 막혀 그곳에서 재정비를 위해 머물고 있는 또한 명의 황자. 바로 올리번 슈테안.

"당신이 시키는 대로 크로멘의 제안을 거절했다."

밤이 되어 비공정에서 돌아온 카릴을 밀리아나가 맞이했다.

"잘했어. 화친의 대가로 그가 뭘 제시하던?"

"청린. 당신이 먼저 제시하지 않았더라면 솔직히 혹했을지도 모르지. 어떻게 알았어?"

카릴은 그녀의 말에 입꼬리를 올렸다.

"안 게 아냐. 예측했을 뿐이지. 그런데 고작 그것뿐이야? 다른 게 있었을 텐데."

밀리아나는 그 말에 신기하다는 듯 카릴을 바라봤다.

"어디서 티렌을 훔쳐보기라도 한 거야? 어떻게 알았지? 당신……. 인간 맞지?"

"완벽하게 인간이니까 쓸데없는 소리 하지 말고 얘기나 해봐."

카릴은 흙먼지가 잔뜩 묻은 망토를 벗어 구석에 걸어놓으며 말했다.

"청린의 채취 말고도 티렌이란 녀석이 서약서를 만들어 왔더군. 마력이 담긴 서약서 말이야."

"그래? 혹시 사용한 종이가 기억나? 낡거나 왼쪽 상단에 특수한 마크가 그려져 있던 건 아냐?"

"음? 아냐. 그냥 양피지였어."

카릴의 물음에 그녀는 고개를 저으면서 대답했다.

"언령 서약서는 아닌가 보군."

그녀의 말에 카릴은 고개를 끄덕였다.

'서약서를 직접 만든 모양인데……. 그 정도라면 티렌 역시 마법사의 반열에 오른 모양이군.'

전생에 그는 제국의 재상이란 자리에 오를 정도로 비상(非常)했던 만큼 마법사로서의 재능도 나쁘지 않았다. 재상이라는 이미지가 너무 강해 잘 언급이 되지 않았지만 6클래스까지 도달했던 티렌은 충분히 고위 마법사로서도 능력을 갖춘 셈이었다.

"그래서?"

"디곤의 약점을 잘 알더군."

"오아시스?"

밀리아나는 카릴의 말에 쓴웃음을 지었다.

"맞아. 그전에 청린에 대해서도 말했지만 어쨌든 남서쪽에 있는 땅을 우리에게 주겠다고 하던데."

"크로멘의 땅이군."

카릴은 설명을 듣지 않아도 단번에 티렌이 제안한 곳이 어던지 알아봤다.

"그 일은 황제가 윤허한 것은 아닐 거야. 그래도 불가능한 것은 아니지. 애초에 거긴 사람이 살지 않는 불모지에다가 크로멘이야 영지를 관리할 능력도 안 되니까."

'그래도 녀석이 황제에게 받은 몇 안 되는 땅 중 하나인데 꽤나 큰 수를 두었군.'

자신이 가진 영토를 야만족에게 제안할 만큼 크로멘 역시 벼랑 끝에 몰렸다는 것을 알 수 있었다.

'하지만 반대로 그마저 거절을 당했으니 티렌은 물론 어린 크로멘은 정신적으로 버티기 힘들 터.'

고든이 회군의 뜻을 밝힌다면 크로멘은 당장에라도 돌아가고 싶을 것이다. 어린아이의 마음을 주무르는 것 따윈 카릴에게는 손바닥 뒤집는 것만큼 쉬운 일이었다.

"아쉽나?"

"뭐……. 딱히 그런 건 아니야."

"확실히 그 땅을 받는다면 식수 문제는 해결될 수 있겠지. 하지만 타이란 슈테안이 어떤 인간인데. 언제든 빼앗을 수 있는 자신감이 있기 때문에 제안을 한 것이기도 하겠지."

카릴의 말에 밀리아나의 얼굴이 굳었다.

"……왜? 그렇게 보지?"

"내 말에 뭔가 떠오르는 게 없나?"

그녀는 고개를 갸웃거렸다.

"반대로 생각해. 티렌은 네게 식수 문제의 해결책을 준 거야. 받아낼 필요 없어. 빼앗으면 돼."

"미친……. 지금 협상을 물린 것도 모자라서 제국과 한판 하라는 말이야?"

"언젠가는."

밀리아나는 황당하다는 표정으로 말했다.

"디곤이 멸망하게 되면 네 책임이다."

"싸울 의향은 있고?"

"없어. 지금도 충분히 당신 때문에 무리하고 있는 거니까. 대초원의 4부족과 나락 바위의 5대 일가를 구워삶든 마음대로 하는 건 상관없지만 디곤까지 얽히게 하진 마."

"덕분에 우리가 싸우지 않고 이렇게 대화를 할 수 있으니 잘된 것 아냐? 공공의 적이 있으니 같은 방향을 볼 수 있잖아."

카릴은 그녀의 옆에 앉으며 말했다.

"나를 상대하는 것보다 제국을 상대하는 것이 더 나을 테니까."

"자신감이 아니라 그건 오만이야."

"그래? 지금 당장 확인을 시켜줄 수도 있는데."

"……."

어처구니가 없는 듯 그의 말을 되받아쳤지만 결국 그녀는 입술을 씰룩이는 것으로 그쳤다.

"농담이다. 어쨌든 이번 협상이 결렬돼도 디곤에게 피해가 가진 않을 거야."

"제국이 우릴 공격할 가능성이 없다는 말이야?"

"응. 맞아."

"또 무슨 수를 써놓은 거야?"

"조금은."

밀리아나는 단호하게 대답하는 카릴을 보며 못 당하겠다는 듯 고개를 저었다.

"도대체 어떻게 하면 매번 이렇게 확신에 찬 얼굴로 말할 수 있는 거지?"

그런 그녀의 대답에 카릴은 그저 피식 웃었다.

"뭐, 제국에게 있어서 강대국의 자존심이라는 건 중요하지. 하지만 아무리 제국이라 하더라도 4만의 목숨을 외면하고 끝까지 고집을 피우긴 힘들 테니까."

"4만의 목숨……?"

밀리아나가 그를 바라봤다.

"그런 게 있어. 그러니 걱정 마. 내가 움직이지 않는 이상 최소한 제국이 공격을 할 일은 없을 테니까."

그 순간.

그녀는 뭔가 떠올랐다는 듯 눈을 동그랗게 뜨면서 소리치려다 입을 막으며 말했다

"설마……. 이스트리아 삼국의 트윈 아머에서 루온 황자를 대패(大敗)하게 만든 것도 당신이 한 일인 거야?"

카릴은 아무런 대답을 하지 않았지만 밀리아나는 그 침묵만

으로도 충분하다는 듯 고개를 끄덕였다.

"질리는군. 내로라하는 제국의 두 황자가 당신 때문에 남부에서 일을 망쳤다니 말이야."

'둘이 아니라 셋이야.'

그녀의 말에 카릴은 가볍게 웃었다.

올리번을 막은 샌드 서펀트까지 카릴이 한 일이라는 걸 알게 되면 그녀는 놀라 자빠질 테니까.

밀리아나는 지친다는 표정으로 커다란 방석에 누우면서 말했다.

"뭐, 당신이 그렇다면 그런 거겠지. 하지만 티렌은 그것 말고 내게 또 얘기한 게 있다."

"그게 뭔데?"

"영토를 약속함과 동시에 려기사단이 5대 일가를 기습하는 걸 도운 것을 묵인해 줄 수 있다고 하더군."

"협박?"

"아니, 사실이라고 해야겠지."

그녀는 같잖다는 표정으로 코웃음을 치며 말했다.

"올리번과 네가 밀약을 맺은 거야 누구나 다 아는 사실이야. 단지 대외적으로는 려기사단이 너와의 계약을 어기고 5대 일가를 기습했고 디곤 역시 사실을 몰랐으니 피해자라고 우길 뿐이지."

"우기다니 무슨……."

카릴은 그녀의 곁으로 다가갔다.

"솔직히 서로의 잇속을 챙기기 위해 눈 가리고 아웅 하는 꼴이야. 대놓고 말을 못 할 뿐이지 누가 봐도 다 아는 사실 아냐?"

"어찌 되었든 그 티렌이란 녀석은 조심해야 할 거다. 눈 가리고 아웅을 하든 어쨌든 당신 말대로 디곤에게 그런 협박을 할 수 있는 건 웬만한 녀석이 아니라는 거니까."

"그는 더 성장할 거야."

"당신 걸림돌이 될 수도 있는데??"

"그건 모르는 일이지. 지금부터 그가 볼 광경이 꽤 충격적일 테니까."

카릴은 디곤에서 돌아갈 때의 그의 얼굴을 보지 못한 것이 못내 아쉬웠다.

'그래, 티렌. 넌 성장하겠지. 하지만 이번 일로 꽤 마음고생을 하겠지. 하지만 이 정돈 감수해야지. 얼마나 네가 날 부려 먹었는데.'

전생의 자신을 지독하게 고생을 시켰던 그였다. 수많은 전투를 승리로 이끄는 자신의 말로써 재상 티렌 맥거번은 카릴을 냉정하게 이용했다.

물론 그걸 원망하지 않는다.

충분히 이해할 수 있는 상황이었으니까.

단지 아주 조금 불세출의 천재가 고전을 면치 못하는 얼굴을 볼 수 있을 흔치 않은 기회를 놓친 게 아쉬울 뿐이었다.

"앞으로 어떻게 되는데? 고든 파비안을 만나러 간 일과 관련이 있는 건가."

"맞아."

"당신을 보고 있으면 목숨을 내놓고 사는 사람 같아."

"천하의 여제가 나를 생각해 주는 건가?"

"생각은 무슨……. 당신한테 패대기쳐져서 바닥에 갈린 얼굴이 아직도 아프거든?"

그때였다. 그녀의 뒤에 서 있던 카릴이 다가와 누워 있는 그녀의 뺨에 손을 가져갔다.

"뭐…… 뭐야."

깜짝 놀라며 밀리아나는 황급히 고개를 돌렸다.

"가만히 있어."

카릴이 그녀의 턱을 잡고는 양쪽 뺨을 살폈다.

조금 우스꽝스러운 모습일지 모르지만 남부의 패자라 불리는 그녀가 어쩐 일인지 순한 양처럼 가만히 있었다.

"……."

어쩐지 얼굴이 화끈거리는 기분.

얼마나 흘렀을까. 어색한 시간은 1분 1초가 더디게 흘러가는 것 같아 밀리아나는 어떻게 행동해야 할지 몰라 그저 카릴을 바라볼 뿐이었다.

"상처도 없네, 뭐. 가죽이 튼튼한가 봐."

농담인지 진담인지 모를 카릴의 평가에 밀라아나의 표정이 싹 변했다.

"가죽이라니⋯⋯. 잘도 그런 말 같잖은 소릴 하네. 보호 마법을 써서 그런 거거든."

"별로 대단치도 않던데 그 보호 마법."

"닥쳐."

그의 말에 밀리아나는 입술을 씰룩이고는 자신의 턱을 잡고 있는 카릴의 손을 툭! 하고 치면서 말했다.

'이 내가 시답잖은 농담에 맞춰주고 있다니⋯⋯.'

듣기로 고작 14살밖에 안 된 꼬마였다. 10살이나 차이가 나는 나이임에도 불구하고 하는 말끝마다 자연스럽게 반말을 하는 것도 그렇지만 이따금 보이는 말투나 행동거지에서 어린아이라는 걸 잊게 만들었다.

속내를 전혀 알 수 없는 묘한 웃음을 지으며 일어서는 카릴을 보며 그녀는 생각했다.

'미쳤어.'

밀리아나는 자신도 모르게 화끈거리는 뺨에 손등을 가져갔다.

"란돌은? 크로멘과 함께 돌아갔나?"

"남았어. 묻는 걸 보니 그것까진 예상 못 했나 보네."

"그럼. 내가 신도 아니고."

카릴은 밀리아나의 말에 고개를 저었다.

"남았으면 좋겠다고 생각은 했지만 그의 마음까지는 나도 모르는 일이니까."

"나 참, 대국은 훤히 보는 사람이 한 사람의 생각은 예측 못하는 거야?"

그녀의 말에 카릴은 피식 웃었다.

"대국은 그저 큰 흐름일 뿐이니까. 물꼬만 튼다면 물살에 밀리듯 휩쓸려 가게 마련이니 예측도 계획도 가능한 일이지. 하지만 열 길 물속은 쉬워도 한 길 사람 속은 어려운 법이거든."

"내 눈에 당신은 딱히 그렇게 보이지도 않는데."

밀리아나는 지금까지 카릴이 자신을 대하는 모습에서 알 수 없는 친근감을 느꼈다.

하지만 그건 그녀로서는 당연히 모를 수밖에 없는 일일 것이다. 전생에 두 사람은 수년간 생사고락을 함께했었던 사이라는 것을.

하지만 란돌은 다르다. 그가 죽기 전에도 이렇다 할 인연도 없었거니와 현생에 와서도 저택을 나온 이후 시간이 흘러 지금의 란돌이 가지는 이념을 카릴이 알 리 없었다.

'검의 재능 이외에 내가 그에게 기대하는 것은 그가 귀족이 아닌 평민이라는 점이다.'

"녀석이 디곤의 검술을 얼마나 익혔지?"

"기본기는 모두. 사실 지금부터가 고민이야. 당신 부탁으로 그를 가르쳤지만, 이 이상은 일족이 되지 않는 이상 곤란해."

"거기까지면 충분해. 만약 그가 디곤에 일족이 되겠다고 하면 그때 정수(精髓)를 가르치도록."

"그가 우리 일족이 될 거라고 봐?"

"티렌도 그렇지만 베스탈 후작령에서 벌어질 일이 그들의 미래를 결정지을 거야."

카릴은 눈빛을 빛냈다.

"두 사람 모두 1년 뒤 가장 필요한 사람 중 한 명이 될 테니까. 그러기 위해서는 황자에 대한 충성심을 꺾을 필요가 있지."

"1년 뒤?"

"아직은 몰라도 되는 일이야."

원래의 역사대로라면 1년 뒤에 신탁이 내려진다. 하지만 카릴에 의해 제국조차 황위가 정해지지 않은 상황에서 과연 신탁이 그때처럼 내려질지, 그는 시험하고자 했다.

'만약 1년 뒤가 아니라 제국의 기틀이 잡히고 대륙의 통일 이후에 신탁이 내려지는 것이라면……'

신탁이 인간이 타락과 싸울 수 있는 기반이 준비되고 나서야 시작된다면, 파렐의 등장도 타락과의 전투도 모두 신의 의지가 반영된 것일지 모른다.

'만약 신탁이 아닌 파렐을 만든 것조차 율라(Yula), 네놈의 소행이라면 내가 인류의 수장으로 있을 이 현생만큼은 원하는 방향으로 흘러가지 않을 것이다.'

"란돌은 당분간 계속 이곳에서 맡아줘. 조만간에 스스로 떠나겠다고 얘기할 것이다. 그는 날 찾기 위해 디곤을 떠날 테니까."

"굳이 이렇게까지 복잡하게 해야 할까? 난 당신이 하려고 하는 게 뭔지 이해가 가지 않아."

"극적인 상황을 위해서는 연출이 필요한 법이니까. 조금만 기다려. 꽤나 재밌는 걸 보여 줄 테니까."

카릴은 잠시 호흡을 멈추었다. 그러고는 중요한 것을 이야기 하듯 한 글자 한 글자에 힘을 주어 말했다.

"알겠지? 내가 방금 말한 것들. 잊어버리지 마. 기억하고 본 다면 앞으로 내가 만들 무대를 즐겁게 즐길 수 있을 테니까."

카릴의 입꼬리가 올라가자 밀리아나는 이제는 그가 웃을 때 도대체 또 무슨 일을 저지를지 두려워지기 시작했다.

"그럼 우리의 거래는?"

"안 그래도 오늘 그 일도 마무리 지으려고 한다. 내일이면 디곤을 떠나야 하니까."

"오늘? 하루 만에 그게 가능해?"

"하루도 안 걸리지. 지금 넌 혈맥은 3개가 뚫린 상태지만 그 에 비해 마력혈 안에 있는 마력이 턱없이 부족한 상태지."

밀리아나는 그의 말에 고개를 끄덕였다.

"그런데 사실 그렇지 않아. 실제로 용마력은 현존하는 마력 에 비해 훨씬 농도가 짙다. 대(代)를 지나오면서 옅어졌다고는 하지만 충분히 강하지."

카릴은 가볍게 어깨를 으쓱했다.

"물론, 나만큼의 마력을 가지진 못했지만."

"……그래서?"

"네게 부족한 건 혈맥이야. 소드 마스터의 기준이라 할 수

있는 4개의 혈맥이 뚫려 체내에 마력의 순환이 원활하게 이뤄
진다면 넌 지금보다 더 강해질 수 있다."

집중해서 듣던 그녀는 카릴의 말에 쓴웃음을 지었다.

"혈맥을 뚫는 게 높은 경지에 오를 수 있다는 걸 누가 몰라?
방법이 없으니 못하고 있지."

"그 방법을 내가 안 다는 거지."

"뭐?"

카릴은 아무렇지 않게 말했다.

"모든 혈맥을 뚫는 것은 무리겠지만, 최소한 1개의 혈맥을
뚫는 건 가능해. 비전력이란 특수한 마력을 이용한다면."

그 순간 그의 손에서 보랏빛의 마력이 서서히 응축되며 모
이기 시작했다.

"다행이지. 내가 그 비전력을 가지고 있거든. 믿어도 돼. 나
역시 같은 힘으로 혈맥을 뚫었다."

밀리아나는 흥미로운 눈빛으로 카릴의 마력을 바라봤다.

"게다가 넌 운이 좋아. 마력을 전수해 주는 게 귀신이 아닌
나처럼 친절한 인간이니까."

카릴은 나지막하게 말했다.

"옷 벗어."

"……뭐? 뭐라고?!"

카릴의 말에 밀리아나는 자신의 옷을 추스르며 화들짝 놀
란 얼굴로 소리쳤다.

"이 미친놈!!"

디곤의 전통 의상 자체가 허리가 드러나는 짧은 로브의 형태였기 때문에 그녀가 허리를 꺾자 단단한 복근이 선명하게 보였다.

"오버하지 마. 뒤로 돌아서 등을 보이게만 하면 되니까. 망토부터 제거해."

"그런 거면 제대로 말하라고. 이상한 오해하지 않게."

"오해를 왜 해?"

"······시작하기나 해."

밀리아나는 입술을 씰룩이고는 등을 돌렸다.

"검술을 쓰는 걸 보니 하체의 스피드와 균형은 있는데 쌍검을 쓰는 데에 있어서 왼쪽이 느리더군. 왼쪽 팔의 혈맥이 뚫리지 않은 거지?"

"맞아."

"지금부터 내가 알려주는 방법은 마도 시대에 살던 대마법사가 내게 전수해 줬던 거다. 마력의 성질은 좀 다르지만······. 다행히 그가 남긴 지식에서 방법을 찾을 수 있었지. 운이 좋은 줄 알아."

"마도 시대의 마법사라니? 천 년 전의 사람이 살아 있을 리도 없고. 유령이라도 만났나?"

카릴의 말에 밀리아나는 더 이상 안 속는다는 투로 피식 웃었다.

"맞아."

"……."

"하지만 내가 했던 방법은 극도로 응축되어 있는 비전력을 폭발시켜 혈맥을 뚫는 거야. 안타깝게도 넌 그렇게 할 수 없어. 일단 내가 그만한 마력을 응축할 수도 없거니와……."

스윽-

그는 밀리아나의 어깨에 손을 가져갔다.

"폭발시킬 만큼 마력혈에 용마력이 충분하지도 않거든. 사실 3개의 혈맥이 뚫린 것만으로도 행운이야. 부모님께 감사해라. 태생적으로 많은 혈맥을 가지게 낳아주셨으니까."

'나르 디 마우그가 어째서 그녀가 강해질 수 있게 해주었는지 이해가 가는군. 부족한 마력을 그가 보충해 주면서 혈맥을 뚫은 거겠지.'

순환되는 마력이 증가하면서 저절로 밀리아나의 마력혈에 있는 마력의 절대량도 함께 증가하게 된 것이다.

'이건 알른 자비우스가 있다 한들 할 수 없는 일이다. 비전의 샘의 파수병의 핵은 몸 안에 흡수되는 순간 폭발을 일으킬 테니까.'

그는 천천히 손으로 그녀의 왼쪽 어깨에서부터 손목까지 훑었다.

'농담으로 한 소리가 아냐, 밀리아나. 넌 운이 좋아. 나르 디 마우그처럼 너에게 마력을 쏟아부을 수 있는 내가 있으니까.'

"내 마력이 부족하다고? 지금 날 무시하는 거야?"

"어."

잠자코 있던 밀리아나가 일말의 망설임도 없이 대답하는 카릴의 말에 화가 난 듯 고개를 돌리려 했다.

그때였다. 카릴은 옅은 웃음을 짓고는 손목에 차고 있던 탐욕의 팔찌를 풀었다.

"……!!"

그러자 그의 팔에서 흘러나오는 마력이 비약적으로 폭발했다. 마력의 깊이가 얕은 밀리아나조차도 그의 마력을 확연히 느낄 수 있었다.

카릴은 폭염왕을 흡수하면서 5클래스의 반열에 올랐음에도 여전히 자신의 마력을 빨아 먹는 탐욕의 팔찌를 벗지 않았다. 혈맥이 증가함에 따라 몸 안에 흐르는 마력도 많아졌지만 그만큼 그의 육체가 가지는 부담도 커졌다.

밀리아나도 고든 파비안도 알지 못했던 비밀.

소드 마스터인 고든조차 카릴이 팔찌를 풀었을 때 비약적으로 상승한 마력이 단순히 순간적인 힘이라 생각했을 뿐이니까. 사실은 그게 억눌렀던 본연의 마력을 개방시킨 것임을 안다면 그조차 놀라지 않을 수 없을 것이다.

'이, 이게 저자의 마력이라고……?'

그녀는 자신으로서는 도저히 감당할 수 없는 강력한 마력에 압도되는 기분이었다.

'아니…….'

등을 돌리고 있어 보지는 못했지만, 고개를 돌리는 순간 잡아먹힐 것 같은 기분.

'인간의 마력이긴 해?'

마치 등 뒤에 드래곤이 자신을 향해 숨을 쉬고 있는 것 같았다.

꿀꺽-

밀리아나는 자신도 모르게 마른침을 삼켰다. 카릴의 손이 닿아 있는 어깨가 긴장감으로 닭살이 돋는 것 같았다. 돌아볼 엄두조차 나지 않은 듯 긴장된 얼굴로 정면을 주시했다.

"처음은 꽤 아플 거야."

나지막한 목소리가 막사 안을 울렸다.

"왔나?"

동이 트는 새벽.

카릴은 나른한 목소리로 고개를 들며 말했다.

막사 안에는 아무도 없었다. 인기척조차 들리지 않았지만 그는 눈앞에 사람이 있는 것처럼 이름을 불렀다.

"하시르."

그 순간, 카릴의 등 뒤에 어둠이 일그러지며 얼굴을 가린 후드를 눌러 쓴 남자가 무릎을 꿇고 앉아 있었다.

"네."

낮은 목소리가 들렸다.

카릴을 향해 고개를 든 하시르는 땀 범벅이 되어 바닥에 쓰러져 잠들어 있는 밀리아나를 보며 살짝 당혹스러운 듯 눈빛이 흔들렸다.

"별일 아냐. 신경 쓰지 않아도 돼."

"아, 죄송합니다."

하시르는 황급히 다시 고개를 숙였다.

"조사는?"

"모두 끝났습니다. 마스터의 말씀대로 베스탈 후작령에 있는 올리번 황자의 일행에 마법사는 없었습니다. 기사들의 실력은 출중한 반면에 말입니다."

"으흠."

카릴은 고개를 끄덕였다.

그동안 그는 디곤의 영토에서 만난 늑여우 부족의 수장인 하시르에게 또 다른 명령을 내렸었다.

밀리아나가 크로멘의 만남을 거절하는 것에 시간을 끄는 동안 그는 은밀하게 베스탈 후작으로 넘어가 올리번의 일행을 조사했다.

"감이 좋은 자들이 많아서 세밀하게 조사하진 못했지만 아마 확실할 겁니다. 애초에 인원이 적기도 했지만 올리번의 처소에 오가는 자들이 정해져 있었으니까요."

"수고했다."

예상대로였다.

'루온이 귀족들의 추대를 받는다면 올리번은 기사들에게 인기가 높다. 하지만 궁정 마법사인 카딘 루에르는 중립을 지키고 있는 상황. 그렇기 때문에 3황자인 크로멘에게만 지원을 해주었지.'

물론 루온 황자의 7만 대군에는 당연히 마법 부대가 있었다. 하지만 그들은 궁중 마법회에서 지원된 마법사들이 아닌 각 영지의 제후들의 사병이었다.

'올리번은 그런 사병들조차 쓰지 않고 소수의 호위만을 데리고 왔으니 마법사가 없는 게 당연한 일.'

카릴은 만족스러운 표정을 지었다.

"그리고 후작령의 국경 수비대엔 마법사들이 몇 배치가 되어 있으나 병참과 올리번 황자의 처소의 거리가 멀고 회유된 기사를 제외하고는 여전히 베스탈의 명령을 따르는지라 왕래가 없는 듯싶습니다."

"조심할 건 티렌뿐이라는 말이군."

하시르의 보고에 그는 고개를 끄덕였다.

"그런데 마법사의 유무는 어째서……?"

그 순간 카릴의 눈빛이 빛났다.

"재밌게도 말이야."

딱-

카릴이 손가락을 팅기자 그의 주위에 우윳빛의 오러 구체가 나타났다.

"살다 보니 이런 일도 다 있군. 그래."

"네?"

그러고는 마치 물방울이 떨어지는 것처럼 구체는 양쪽으로 갈라지며 대각선 아래로 두 개의 구체가 더 만들어졌다.

"저기 제국인들 가득한 곳에서……."

화르륵……!! 파즉-! 파즈즉……!!

갈라진 하나의 구체에서는 화염이 숫구쳐 올랐고 나머지 하나에서는 보랏빛의 전격이 흩어졌다. 세 개의 마력구가 서로 공존을 하며 빙글빙글 돌기 시작했다.

"아무래도 내가 가장 뛰어난 마법사 같거든."

"네?"

그 순간.

카릴의 얼굴에 엷은 미소가 드리워졌다.

"마법과 마력은 같은 맥락이지만 달라. 소드 마스터가 되기 위해서는 검의 극의는 물론이거니와 4클래스의 마력을 가지고 있어야 하지."

마법의 클래스를 나누는 기준은 마법의 등급이 기준이 되는 것이 아니라 마력의 양에 따른 것이다.

"소드 마스터가 4클래스의 마력을 가지고 있다고 4클래스의 마법을 쓸 수 있다는 말은 아니다."

마력의 이해도, 그것이 현저하게 차이가 난다. 검을 쓰는 자들에게 있어서 중요한 것은 자신의 마나 블레이드에 얼마만큼의 마력을 응축시킬 수 있느냐 하는 것이니까.

"나 역시 마찬가지였지."

카릴은 손가락으로 자신의 관자놀이를 짚었다.

"하지만 이제는 조금 달라졌거든."

촤르르륵!!

하시르에게는 보이지 않겠지만, 일순간 카릴의 눈동자에 세 개의 톱니바퀴가 맞물리는 것 같은 무늬가 생겨났다. 바퀴가 사라지자 마치 거대한 책장의 문이 열리는 것처럼 카릴의 시야에 빼곡하게 꽂힌 책들이 보였다. 그가 손을 뻗자 몇 개의 책들이 펼쳐지며 그 안에 있는 내용이 그에게 주입되듯 빨려 들어갔다.

"후읍……."

숨을 들이마시듯 카릴은 그것들을 마셨다.

5클래스에 도달한 뒤부터 가능한 지식의 습득.

하지만 이것조차 일부분일 뿐이다. 알른 자비우스가 그의 머릿속에 남긴 사념의 도서관엔 감당할 수 없을 정도로 무한한 마법과 지식이 쌓여 있었다.

"……."

하시르는 그런 카릴의 모습을 신기하게 바라봤다.

"과연, 마법을 자랑해 마지않는 제국인들이 반대로 마법에 당하게 되면 어떤 모습을 할지 궁금하군."

그는 마지막 말은 입 밖으로 내뱉지 않았다.

'올리번, 네 표정 말이야.'

잠들어 있는 밀리아나를 두고 천천히 자리에서 일어섰다.

"고든은?"

"비공정 내부까지는 확인하지 못했지만, 보급을 준비하는 것을 봐서는 이륙을 하려는 듯싶었습니다."

고든 용병단은 남부의 상공에 도착하고 나서도 꽤 오랜 시간을 허비했다. 다행이라면 최소한의 예우로 디곤이 그에 대한 보급을 지원하기로 했다는 것이다.

"어쩌면 불행일지 모르지. 밀리아나에게 보급을 최대한 천천히 하라고 지시해 놨으니까."

그가 하시르에게 말했다.

"후작령까지 얼마나 걸리지?"

"말로 간다면 스무일 정도 카르곤으로 간다 해도 2주는 걸립니다. 비공정으로 간다면 일주일이면 도착하겠지만…… 보급이 쉽지 않을 테니 좀 더 걸릴 지도요. 그래도 카르곤보다는 빠를 겁니다."

[크르르르르……]

그 순간.

기다렸다는 듯 디곤의 영토 어딘가에서 서펀트의 울음소리가 짙게 드리웠다.

"괜찮아. 내가 비공정보다 빠르게 도착할 거니까."

"혀…… 형님!!"

남부 출정 이후 처음으로 가장 큰 목소리로 소리친 게 아닐까 싶을 정도로 크로멘은 격한 표정으로 있는 힘껏 달리기 시작했다.

"크로멘."

비공정이 착륙한 곳은 베스탈 후작령에서 꽤 떨어진 공터였다. 착륙 허가를 요청했을 때 베스탈은 비공정의 엔진으로 인해 농작물에 피해가 간다는 핑계로 거리를 두게 했다.

하지만 실상은 고든 파비안이 자신의 영지에 발을 들여놓는 것을 막기 위함이라는 걸 누구나 알고 있었다.

"형님!!"

3황자가 와락 품에 안긴 사람은 다름 아닌 올리번 슈테안이었다.

그와 눈이 마주친 티렌과 엘리엇은 고개를 황급히 숙였다.

자신의 아버지가 차기 황제로 추대하고 있는 인물. 그리고 자신들 역시 그 뜻을 따라 비록 지금은 크로멘과 함께 있지만 마음속으로나마 그를 자신의 주군이라 생각하고 있었다.

끄덕-

올리번의 뒤에 서 있던 마르트가 두 형제를 보자 반가운 얼굴로 고개를 끄덕였다. 굳이 말하지 않아도 그 한 번의 눈빛 교환으로 서로의 상황을 알 수 있었다.

'저 사람은……. 등기사단의 부단장인 제르반그 경이지 않은가.'

티렌은 마르트의 옆에 서 있는 제르반그를 보며 빠르게 올리번의 상황을 짐작했다.

'황자님께서는 이미 등기사단의 기사들에게까지 영향력을 끼치시고 계시는구나. 호위를 명목으로 나왔을 테지만……. 후작의 눈치를 보지 않는다는 건.'

이미 마음이 돌아섰다는 증거.

티렌은 자신도 모르게 낮은 한숨을 내쉬었다.

'외람된 말이지만 3황자님의 입지와는 너무나도 차이가 있구나.'

하지만 그는 고개를 저었다.

'내 탓이다.'

핑계일 뿐이니까. 이번 일을 자신이 제대로 끝냈다면 이렇게 불명예스럽게 돌아오지도 않았을 것이다.

"고든 경의 노고에 감사드립니다."

올리번은 크로멘의 손을 잡고서 비공정 앞에 서 있는 그에게 말했다.

"노고라니. 폐하의 명을 제대로 완수하지도 못했는데."

"아직 끝난 것은 아닙니다."

"흐음."

고든은 천천히 그를 바라봤다.

평온한 얼굴. 무슨 생각을 하고 있는지 선뜻 알기 어려운 표정은 어린 나이임에도 불구하고 노련했다.

'과연……'

그는 처음 황궁에서 올리번을 만났을 때를 떠올리며 묘한 미소를 지었다.

'속을 알 수 없는 놈이야.'

"단장님."

"비공정을 띄워라."

"괜찮겠습니까."

두 황자가 떠난 뒤, 비공정으로 돌아온 고든을 보며 제이건은 못마땅한 표정으로 말했다.

"아무리 황자님이 원하신다고는 하지만 이렇게 버리다시피 놔두고 가도 괜찮겠습니까."

"왜? 너 3황자의 편이었냐."

"……무슨 말씀을 그리 하십니까. 어째 아무리 생각해도 뒤가 찝찝해서."

고든의 말에 제이건은 당황한 듯 얼굴을 붉히면서도 여전히 마음을 편히 놓지 못했다.

"돌아간다고는 안 했다."

"네?"

고든은 굳은 얼굴로 말했다.

"비공정을 서쪽에 있는 산맥 아래에 숨겨. 그리고 당분간 숨죽이고 있어. 직접 확인할 것이 있으니까."

"······알겠습니다."

그러고는 로제스가 가지고 온 구역질 나는 탕약을 단숨에 들이켰다.

"오랜만이구나. 정말 고생이 많았다."

"아닙니다. 형님을 봐서 너무 다행입니다. 이대로 황궁으로 돌아가면 아버님을 뵐 낯이······."

고개를 숙인 크로멘을 보며 올리번은 옅은 미소를 짓고는 손수 따뜻한 차를 타 그의 앞에 내려놓았다.

"그건 나 역시 마찬가지다. 그러니 이러고 있지 않았겠어. 괜한 객기를 부려 고작 서펀트에게 길이 막혀 어쩌지도 못하고 있으니 내가 더 볼썽사납다."

"혹시······. 형님께서 첫째 형님이 이스트리아 삼국에서 패하시고 난 뒤에 상황을 보기 위해 병력을 물리신 건가요?"

순간.

손에 들고 있던 찻잔이 잠깐 떨렸다.

"누가 그러더냐."

"그냥 용병단의 사람들이 하는 소리를 들었습니다. 죄송합니다. 못 배운 자들의 헛소리니……. 잊어주십시오."

크로멘은 고개를 숙였다.

"그럴 리가 있겠느냐. 이 모든 사건의 원흉이 나인 것을. 누구보다 내가 디곤에 갔어야 한다. 차라리 너와 함께 비공정을 탔더라면……."

올리번의 말에 크로멘은 속상한 듯 말했다.

"교도 용병단이라면 말도 마십시오. 그게 무슨 대륙 최강의 용병단이란 말인가요? 디곤에 가서 고든은 아무것도 하지 않았습니다. 소드 마스터라는 이름이 아깝습니다!"

"그래?"

"야만족들은 저희의 이야기를 들을 생각도 하지 않고 무조건 안 된다고만 하고……."

그는 울상이 되어 마치 일러바치듯 올리번에게 디곤에 있었던 일을 구구절절 이야기하기 시작했다.

하지만 어린아이의 하소연보다 올리번이 관심을 가지는 부분은 따로 있었다.

"그럼, 고든 용병단이 폐하의 명이 있음에도 정말로 널 이곳에 두고 떠났단 말이냐."

"그게……. 자신들이 할 수 있는 가장 안전한 곳이라는 말과 함께 저희를 이곳에 내려주고는 돌아간다고 했습니다."

올리번은 그를 달래듯 말했다.

"정말 무례하구나. 황족인 우리가 경이라는 칭호로 존중하건만 고작 용병 주제에……."

"그렇죠? 형님도 그렇게 생각하시죠?"

그의 목소리는 마치 연기를 하는 듯 어색하기 짝이 없었지만 어린 크로멘이 눈치챌 리가 없었다.

"그럼 지금 널 호위하는 사람이 아무도 없다는 말이냐."

"아닙니다. 맥거번가의 차남인 티렌과 엘리엇 그리고 폐하께서 내리신 유린 경이 있습니다."

"흐음."

"차라리 잘되었습니다. 무식한 용병들 틈에 있는 것보다 형님과 있는 게 훨씬 더 좋습니다. 저는."

올리번은 그런 동생의 머리를 가볍게 쓰다듬었다.

"그래. 무뢰배 같은 용병들이 사라졌으니 적어도 황족의 처소에 막무가내로 들어오는 불한당들은 없겠구나."

그는 다시 한번 읊조렸다.

"고든이 없다……. 고든 파비안이 지금 이곳에 없다는 말이지……."

"정말 다행입니다. 그래도 이곳에서 형님을 뵙다니요."

크로멘은 올리번의 허리를 감싸 안고서 말했다. 그런 그를 향해 올리번은 내려다보며 미소를 지었다.

"그래, 나도."

입꼬리는 웃고 있었지만 그의 눈동자는 결코 동생을 바라보는 따뜻한 눈빛이 아니었다.

"무척이나 반갑구나."

마치.

먹잇감을 노리는 뱀의 그것 같았다.

"자네도 알다시피 크로멘이 돌아왔어."

늦은 밤.

먼 길을 날아온 크로멘은 일찍 잠이 들었고 베스탈 후작령에서 떨어진 곳에 숙소를 잡은 올리번은 영지 안에 불빛들을 바라보며 말했다.

"아버지께서 이 일을 알게 되면 실망스러워하시겠군."

"외람된 말씀이오나 3황자님께서 이루시기엔 사안이 너무 큰 일이었습니다."

대답을 하면서도 하룬 자작은 속으로 감탄을 금치 못했다.

'이걸 기다리셨던 걸까.'

가도가 샌드 서펀트에 의해서 막힌 이후 올리번은 그 이후 이렇다 할 행동도 취하지 않고서 그저 베스탈 후작령에 머물러 있었다.

오히려 당사자인 올리번보다 그를 비롯한 수하들이 더욱 마음을 졸였다. 만약 자신이라면 불안한 마음에 베스탈 후작에게 기사단을 융통해서라도 무리하게 샌드 서펀트의 사냥을 나섰을 것이다.

'황자님께서는 크로멘 황자가 실패할 것을 이미 예상하셨던 것일지도 몰라.'

루온은 4만의 병사를 잃었고 크로멘에게서는 교도 용병단이 떠났다. 이렇게 되니 실질적으로 피해를 입지 않은 유일한 권세는 자신들뿐이었다.

그런 생각이 들자 하룬은 올리번의 선구안을 인정하지 않을 수 없었다.

"하하. 외람되긴. 내가 저지른 일인데. 그런 내가 지금 이렇게 후작령에 앉아 있으니……. 부끄러울 따름이야."

"이건 올리번 황자님께서 저지른 일이 아닙니다. 사실상 5대 일가를 습격하는 것은 애초에 디곤과 협의되었던 사안. 특히나 창 일가의 권세가 커지는 것을 눈엣가시같이 생각하던 디곤이 먼저 제안한 것이지 않습니까."

나락 바위의 5대 일가는 야만족 중에서도 나름의 명가라 할 수 있었다. 단순히 마굴의 사냥으로 살아가는 대초원의 4부족과 달리 5대 일가 중 몇 가문은 이스트리아 삼국과의 무역을 통해 대륙의 문물을 수용하고 있었기 때문이다.

그래서 그들의 발전은 자연스러운 일이었다.

"오히려 이번 일은 저희들이 보상을 받아 마땅한 일입니다."

올리번의 자조적인 물음에도 하룬은 자신의 의견을 망설임 없이 말했다.

"그래. 그걸 티렌이 꿰뚫어 보았더군. 그가 만든 서약서를 봤는가?"

저 멀리 베스탈 후작의 성을 바라보며 올리번은 나지막한 목소리로 말했다.

"하지만 디곤은 시종일관 모르쇠로 대응했습니다."

"그래. 적어도 여왕은 사태를 보는 머리는 있어. 야만족 치고는 똑똑하지. 그런데 막무가내로 거절을 했다라……."

올리번으로서는 무리한 디곤의 대응이 의아할 수밖에 없었다.

다만, 적어도 크로멘의 실패라는 결과만큼은 자신이 바라는 대로였다.

"앞으로 어떻게……. 하실 생각이십니까."

"글쎄……. 이대로 계속 후작령에 있을 수는 없지."

올리번은 생각했다.

그리고 지금 팔짱을 낀 손이 가볍게 떨렸다.

그건 분명, 기쁨의 떨림이었다.

"제국은 남부를 향하는 과정에서 생각 이상으로 많은 피해를 입었어. 남들이 보기에는 그저 제국의 침공으로 보이겠지만……. 이대로 그냥 돌아간다는 것은 제국의 위상에 금이 가는 일이지."

"하나, 지금보다 더 디곤과 분쟁을 일으키는 것은 좋지 않습니다. 루온 황자님이라면 모를까……. 저희들의 병력으로는 어렵습니다. 크로멘 황자님을 돕는 교도 용병단도 떠난 상황에서 말이죠."

"맞아. 우리가 디곤과 전쟁을 일으키는 건 확실히 불가능한 일이지. 사실 그건 형님의 7만 대군이라도 어려운 일이었어."

사실상 대군을 통한 위협이든, 대화를 통한 방법이든 3명의 황자의 목적은 결국 모두 화친일 수밖에 없었다.

'애당초 시작부터 마음에 들지 않아.'

올리번은 남부의 공기마저 마음에 들지 않는다는 듯 가볍게 손을 저었다.

"하지만 제국의 황제라면……."

올리번은 창밖을 바라봤다.

"야만족과의 전쟁이야 우스운 일이지."

"네?"

"전쟁이라……."

나지막한 목소리로 다시 한번 중얼거렸다.

"우리가 전쟁을 시작할 수는 없겠지만…… 적어도 명분을 만들어줄 수 있겠지."

그의 눈빛이 날카롭게 빛났다.

"티를 내지 않으셨지만 아버지께서는 셋째를 가장 아끼신다는 건 모두가 잘 알고 있지 않은가."

하룬 자작은 단번에 올리번의 의도를 파악했다.

차마 제국의 기사로서 담을 수 없는 말이 될 수도 있는 일이었지만 그는 이미 각오한 듯 말했다.

"명분을 만들기 좋은 때이군요."

그리고 그런 그의 대답에 올리번은 만족스럽다는 표정으로 천천히 고개를 끄덕였다.

"그래."

"이게 뭔가?"

"그게…… 오늘 크로멘 황자님과 함께 오셨던 분께서 전해 드리라는 쪽지입니다."

"으흠."

방에 홀로 있던 마르트 맥거번은 쪽지를 받았다. 크로멘과 함께 온 사람들이라면 당연히 그의 동생들이 제일 먼저 떠올랐다. 마음 같아서는 당장에라도 그들을 만나고 싶은 마음이 굴뚝 같았다.

특히나 가장 궁금한 것은 란돌의 생사였다.

티렌이 고개를 끄덕였던 것이 그의 생사에 대한 것이라는 걸 알고 안심은 들었지만 그래도 직접 확인을 하고 싶었다.

하지만 사안이 사안인 만큼 마르트가 크로멘의 일행과 접촉하는 것은 쉬운 일이 아니었다.

오직 올리번과 크로멘만이 만났을 뿐. 아직까지 각각의 세력은 서로를 경계하듯 나누어져 식사부터 잠자리까지 완전히 따로 분리가 되어 있었다.

"이걸 내게? 확실하느냐."

"그렇습니다."

쪽지를 건넨 사람은 마르트도 잘 알고 있는 얼굴이었다. 건물 아래에 있는 말들을 관리하는 어린 마부였다.

'누구지. 황자님들도 조심하는 상황에서 아직까지 접촉을 하는 건 위험한 일인데……'

마르트는 미심쩍은 눈빛으로 마부를 봤다가 다시 그가 건넨 쪽지를 살폈다.

"……."

흔한 종이처럼 보이지만 미세하게 잘려 나간 모서리의 개수에서 마르트는 단번에 이걸 보낸 자가 누구인지 알 수 있었다.

'가족의 표식이다. 서신을 보낼 때 이런 식으로 암호를 쓰는 건 아버지께서 직접 우리 형제들에게만 알려주신 방식이니까.'

"그, 그럼 전 이만……."

마부는 누가 볼세라 황급히 그에게 인사를 하고는 문을 나섰다. 행여나 걸린다면 단순히 문책으로 끝날 일이 아니었다.

"티렌 녀석……. 무리를 할 만큼 내게 알리고자 하는 중요한 거라도 있는 건가."

그가 떠난 뒤 쪽지를 열었다.

"……!!"

글을 읽어 내려가던 그는 서신의 마지막을 읽자 얼굴이 굳어졌다. 그러고는 황급히 주위를 살폈다.

"이게…… 정말인가."

내용을 모두 읽은 그는 조용히 주위를 살피고는 쪽지를 난로 안으로 던졌다.

혼자뿐인 방임에도 무언가를 무척이나 경계를 하는 모습이었다.

화르륵……!!

완전히 재가 되어 사라지는 것을 확인하고서야 마르트는 낮은 한숨을 내쉬었다.

"……."

그러고는 잠시 생각에 빠진 듯 떨리는 눈동자로 창밖을 바라봤다.

털컥-

마르트의 방문을 닫고 나온 마부는 그제야 복도에 서서 천천히 허리를 일으켰다.

"흐음."

조금 전까지만 하더라도 긴장 가득했던 그는 온데간데없이 사라지고 어쩐지 여유로운 느낌이 묻어나는 목소리였다.

허리를 들어 올리는 순간 비록 찰나였지만 마부의 눈동자가 평범한 푸른색에서 제국인에게서는 볼 수 없는 검은색으로 바뀌었다. 그리고 온전히 허리를 세웠을 때 놀랍게도 그의 눈동자는 다시 녹색으로 변해 있었다.

'조금 이따가 만나지.'

쓰고 있던 두건을 벗어 던지며 그는 의미심장한 미소를 지으며 복도를 걸어가기 시작했다.

휘이이이익.

바람이 불었다. 아직 추수도 제대로 끝나지 않았는데도 늦은 밤에 불어오는 바람 속에는 찬기가 느껴졌다.

"……."

마르트는 기척을 숨긴 채 숲길을 걸었다.

크로멘을 내려놓고 떠났던 비공정이 지난 산맥 안으로 들어가자 그는 옷깃을 조금 더 올리고서 주위를 살폈다.

"오셨습니까."

"이게 얼마나 위험한 일인지 똑똑한 네가 더 잘 알 텐데."

"그럼에도 해야 할 일이기 때문입니다."

목소리가 들려오는 쪽으로 고개를 돌리며 마르트는 자신을 불렀던 자의 이름을 읊조렸다.

"티렌."

어둠 속에서 연녹색의 눈동자가 빛났다. 대륙에서도 좀처럼 보기 힘든 빛깔을 보며 마르트는 자신의 형제 중에서 유일하게 티렌이 연녹색의 눈동자를 가지고 있다는 것을 상기했다.

"란돌은?"

"살아 있습니다. 디곤의 여왕의 밑에 있습니다. 그는 그 나름대로 기사단을 전멸시킨 범인을 찾으려고 하는 것이겠죠."

"멍청한······. 기사라는 녀석이 황제의 명을 어기고 독단으로 행동하는 것이 말이 된단 말이냐."

티렌은 옅은 웃음을 지었다.

"아시지 않습니까. 그 아이는 형님이나 저와 같은 귀족이 아닌 평민 출신이라는 걸."

마르트는 그의 말에 살짝 얼굴을 굳혔다.

"너답지 않은 소리다. 나는 우리 형제 중에서 네가 란돌을 가장 인정해 준다 생각했는데? 너는 그의 재능을 높이 샀지 않았느냐."

"맞습니다. 하나 야만족에 의탁하는 제국인을 동생으로 여기고 싶진 않습니다."

망설임 없는 티렌의 대답에 마르트는 쓴웃음을 지었다. 그는 티렌을 바라보지 않고 나무에 기댄 채로 말했다.

"쪽지에 적힌 이야기······. 사실이냐."

"제 추측입니다."

"네 추측이라면 더욱더 무섭구나."

혹여나 누군가 볼지 모른다는 생각에 경계하면서도 마르트는 혼잣말을 중얼거렸다.

"네 말대로 황자님께서 기다린 게……. 크로멘 황자님이라는 말이냐."

"그렇습니다."

"근거는?"

"올리번 황자님께서 이곳에 머물고 계셨다는 것. 형님과 제가 아는 황자님이라면 아무런 행동도 하지 않고 가만히 기다리고 계실 리가 없습니다."

"……."

마르트는 낮은 목소리로 말했다.

"정말……. 올리번 황자님께서 크로멘 황자님을 암살하실 거란 말이냐."

"네."

꿈틀-

티렌의 말이 끝남과 동시에 마르트의 뺨이 흔들렸다.

'암살이라니…….'

차마 입에 담을 수 없는 말이었다.

"전쟁의 명분."

흔들리는 그를 향해 티렌은 담담한 목소리로 말했다.

"시간이 별로 없습니다. 형님께 드리고자 하는 말씀은 이것뿐입니다. 아무도 모르게……. 올리번 황자님을 예의 주시해 주시기 바랍니다."

티렌은 계속해서 말했다.

"혹여 올리번 황자님께서 주위에 호위를 물리고 두 분만 계시는 순간이 온다면……."

그는 마지막 말에 힘을 주었다.

"살인이 일어날 겁니다."

너무나도 갑작스러운 이야기에 마르트의 머릿속은 혼란 그 자체였다.

"……."

차가운 바람이 그의 뺨을 때렸다.

"오늘 우리의 만남은 없었던 거다. 절대로 누구도 알아서는 안 된다."

마르트의 말에 티렌은 오히려 그 역시 바랐던 것인 듯 살짝 눈을 흘기며 말했다.

"물론입니다."

마르트가 돌아간 직후.

티렌은 고개를 돌려 그와는 반대를 향해 걸음을 옮겼다.

저벅- 저벅- 저벅-

지면을 밟는 발걸음 소리가 마법사답지 않게 무척이나 가벼 웠다.

우-우-우-웅…….

옅은 마력의 울음소리와 함께 숲을 향해 걷던 티렌의 얼굴 이 마치 수면 아래에 있는 것처럼 흐릿해졌다. 그러자 놀랍게도 연녹색의 눈동자가 검은색으로 그리고 다시 갈색으로 변했다.

'마르트, 못 본 사이에 형제까지 의심할 정도로 성장을 했구 나. 제법이야.'

거추장스러운 복면을 벗어버리자 그 안에 나타난 건 다름 아닌 카릴의 얼굴이었다.

'맥거번 가의 표식을 내가 알 거라고는 상상도 못 하겠지. 당 연한 일이야. 전생에서 내게 전쟁의 서신을 보내던 아버지께서 마지막으로 내게 알려준 것이니까.'

그는 쓴웃음을 지었다.

가족의 믿음을 증명하는 표식이었다. 하지만 아이러니하게 도 처음으로 가족의 표식을 남긴 쪽지를 쓰게 된 이 순간이 그 가 가족을 속이는 순간이었다.

'올리번. 나는 누구보다 너를 잘 안다. 너의 그 삐뚤어지고 고약한 성격이라면 이번 기회를 절대로 놓치지 않겠지.'

전생에서도 크로멘을 죽인 것이 올리번이지 않은가.

'루온의 실패를 확인하고 오히려 편한 마음으로 이곳에서

기다렸을 것이다.'

그가 원하는 것.

아아아악……!!

아악!!

사, 살려줘……!!

크아악!!

카릴의 머릿속에 숱한 비명이 울려 퍼졌다. 기억 속에 남아
있는 이민족과 야만족의 죽음 직전 외침들이었다.

그 시체들 위에서 황제가 된 올리번이 있었다.

'전생에 네가 했던 일들을 생각하면 네놈이 어떤 인간인지
알 수 있지. 애초에 너는 처음부터 디곤과의 일을 해결할 생각
이 없었어.'

원하는 것은 오히려 분쟁(紛爭).

'네가 원하는 무대를 내가 만들어주었다. 당장에라도 실현
시키고 싶어 안달이 날 정도로 완벽하게.'

카릴은 눈빛을 빛냈다.

'크로멘을 죽여 야만족에게 그 죄를 뒤집어씌워라. 네 머릿
속에 이미 너는 형제를 잃은 비운의 황자로서 만인에게 위로
를 받고 복수를 위해 선두에 선 영웅으로 그려지겠지.'

그 그림을 위해 크로멘에게 독약을 먹였던 전생과 마찬가지

로 말이다.

'어디 해봐. 네 진짜 모습을 이번엔 내가 너를 믿어 의심치 않는 자들에게 드러내 줄 테니.'

"대어를."

카릴은 감상 따위 잊어버리려는 듯 나지막한 목소리로 말했다.

"이제 낚을 시간이다."

"제국의 꼴이 말이 아니군."

프란 루레인은 밀려 들어오는 보고에도 불구하고 바다 건너 제국과 남부와의 일전에 가장 흥미를 보였다.

아이 같은 그의 모습에 앤섬 하워드는 피식 웃으면서도 주의를 주었다.

"공작 각하. 이제는 저희들의 일에도 집중을 하셔야 합니다. 5공작 락히엘 경과 6공작 보니토스 경께서 병력을 이끌고 코브 앞에 집결하셨다고 합니다."

"병력은?"

"락히엘 경이 2만. 보니토스 경께서 1만의 병력을 대동하셨습니다."

앤섬 하워드는 프란이 물을 질문을 알고 있다는 듯 먼저 얘기했다.

"네. 생각보다 적은 수죠. 다만 루이체 경계서 3만의 병력을 이끌고 오실 것을 약속했습니다."

"루이체. 그 아이는 어렸을 때부터 나를 잘 따랐지. 하지만 아무리 봐도 락히엘과 보니토스의 꾐에 넘어간 것 같군."

프란의 말에 앤섬은 옅은 미소를 지었다.

군사력으로 봤을 때 락히엘과 보니토스의 병력을 합치면 8만에 육박한다. 그런데 그중에 절반도 되지 않는 3만의 병력을 지원한다는 것은 만일의 상황을 대비하겠다는 의도가 다분했다.

'살 궁리나 하는 녀석들이라……'

그에 비해 막내인 루이체는 그녀가 가진 영토 자체도 다른 공작들에 비해 척박하고 병력도 4만에 불과했다. 3만의 병력을 이끈다는 것은 거의 그녀의 전 병력을 프란에게 지원하는 것과 다름없었다.

"그 둘은 혹여나 내가 패배를 할지도 모른다는 생각을 하나 보지?"

프란은 못마땅한 표정으로 말했다.

"전쟁이란 승과 패만 존재할 뿐인데 말이야. 애매한 위치의 아군보다 확실한 적이 나중에 더 충신이 되는 법이지. 내가 화이트 벙커에 입성을 하게 될 때 그 둘을 살려둘지 목을 벨지 조금 생각해 봐야겠어."

아무런 감흥도 없이 형제의 목을 치겠다는 말을 서슴없이 하는 프란의 모습에 앤섬은 자신도 모르게 목덜미를 쓰윽 하고 만졌다.

'역시……. 매서울 정도로 차가우시구나.'

프란 루레인은 뛰어난 전투력과 지휘력을 가졌지만, 강철왕이라는 별명처럼 냉정하고 차가운 사람이었다. 그런 그의 성향은 군주로서의 위엄을 지키기 위해서 무척이나 훌륭하지만, 모름지기 왕이란 단순히 강하기만 해서는 안 되는 법이었다.

"……."

앤섬 하워드는 자신이 생각했던 왕의 모습과 조금씩 어긋나는 프란의 모습에 이따금 복잡한 심경일 때가 있었다.

"때가 된 듯싶습니다."

하지만 지금 와서 그런 고민을 하는 것은 무의미한 일이었다. 이미 자신들의 병력이 명령을 기다리고 있으니까.

"그래."

프란은 고개를 끄덕였다.

"카릴, 그자의 말대로군요."

틀리와의 일전을 목전에 둔 지금까지 고민했었던 부분은 공국이 유일하게 대륙에서 제국과 맞서 싸울 수 있는 군사력을 가진 나라라는 것이었다.

하지만 그러한 공국의 힘은 결국 7공작에게서 나오는 것. 내전이 일어나게 되고 서로 분열된 순간을 제국이 노리는 것이 아닐까 하는 불안감에 프란은 섣불리 출사표를 던지지 못했었다.

"자신만만하던 얼굴이 거짓말은 아니었어."

프란 루레인은 일전에 카릴과 했던 대화를 떠올리며 긴장된 표정을 지었다.

'공국이 황제로부터 안전하게 만들어줄 수 있다.'

황제의 목숨을 쥐고 있다는 카릴이었지만 쉽게 믿을 순 없었다. 그런데 제국이 남부의 야만족들과의 일을 해결하기 위해서 황자들을 출병시켰다는 시점에서부터 이야기가 흥미롭게 흘러가고 있었다.

'세 황자가 모두 실패를 했다.'

제국의 입장에서 루온의 4만 병력을 잃은 것은 어찌 보면 큰 타격이 아닐 수도 있었다.

'하지만 타이란 슈테안이 어떤 인물인가. 그의 성격이라면 실추된 제국의 명예를 다시 세우기 위해서라도 직접 움직일 수밖에 없을 터.'

그렇게 되면 아무리 정복왕이라 불리는 타이란이라 할지라도 디곤과 공국, 두 나라를 동시에 상대하는 것은 어려운 일일 것이다.

'카릴, 설마 이것도 네가 만들어낸 판인가.'

바다 건너 남부에서 일어나는 일을 자세히 확인할 수 없었지만 세 황자의 남부 원정은 아무리 봐도 우연이라고 하기엔 미심쩍은 일들이 많았다.

이스트리아 삼국에 나타난 서펀트에서부터 교도 용병단의 회군까지.

　'그렇다면 당신은 우든 클라우드보다 더 은밀하고 치밀하며 두려운 상대로군.'

　카릴이 떠나기 전, 우든 클라우드의 뿌리에 대한 거래에서 그의 의중을 떠보기 위해 프란은 카릴을 도발했었다. 상대에게 우위를 점하기 위함이었으나 오히려 카릴은 그에게 본보기라도 보이듯 일곱의 병사를 죽이고 떠났다.

　'설령 네가 제국의 일에 관여하고 있다고 해도 상관없다. 아무리 너라도 공국에까지 영향을 끼칠 수는 없을 테니까.'

　프란은 그때 느꼈던 오싹한 기분을 잊으려는 듯 고개를 저으며 생각했다.

　'수족이라고 해봐야 기껏 둘. 라바트 길드의 녀석들이 대세를 바꿀 수 있을 리가 없지.'

　그는 멀리 광장에 보이는 커다란 건물을 바라보며 생각했다.

　"앤섬, 라바트 길드의 녀석들을 잘 감시해."

　"명심하겠습니다."

　"다시 저곳을 돌려받을 것이니."

　"물론입니다. 공작님."

　프란은 고개를 끄덕이며 마음을 정한 듯 굳은 얼굴로 그에게 말했다.

　"출진이다."

와아아아아아아아-!! 와아아아아--!

그 순간.

마치 기다렸다는 듯 항구 밖에서 병사들의 환호 소리가 들렸다. 바다 건너 이국의 땅에서 대륙의 역사를 바꿀 또 하나의 전쟁이 시작되고 있었다.

"무슨 생각을 그리 하나?"

"아, 아무것도 아닙니다. 죄송합니다."

하룬 자작의 물음에 마르트는 황급히 얼굴을 굳히며 말했다.

티렌과의 만남 이후 며칠이 흘렀다. 하지만 계속해서 그가 남긴 말들이 머릿속에 맴돌아 그를 혼란스럽게 하고 있었다.

"정신 바짝 차리게. 황자님을 지켜 드릴 사람은 우리밖에 없어. 자네 형제들이 크로멘 황자님과 함께 있어 복잡한 심경은 이해하지만 자네 아버지인 크웰 경의 생각을 잘 알지 않는가."

"물론입니다."

자신의 아버지인 크웰이 선택한 차기 황제. 이미 제국 전역이 알고 있는 그 사실을 마르트가 모를 리가 없었다.

세 명의 황자가 경합을 벌이고 있는 이 시점에서 무슨 일이 있어도 올리번이 성과를 거두도록 도와야 했다.

'하지만……'

그렇기 때문에 더욱 혼란스러운 것이었다.

'정말⋯⋯. 황자님께서 크로멘 황자님을⋯⋯.'

성군으로 믿어 의심치 않고 만인의 사랑을 받고 있는 올리번이 자신의 동생을 살해할 것이라는 말은 설령 티렌이 한 말이라 하더라도 쉽게 믿을 수 없었다.

'그럴 리 없다. 티렌이 뭔가 착각을 한 걸 거야. 야만족 놈들에게 너무 시달려서 판단이 흐려진 거겠지.'

마르트는 그렇게 생각했다, 아니, 생각하고 싶었다.

"자작님, 앞으로 저희들은 어떻게 해야 합니까?"

"황자님의 명령을 기다려야지. 하지만 오래 걸리지 않을 걸세. 크로멘 황자님께서 함께 있으니 그분의 의중도 들어야겠지."

"삼 황자님을요?"

하룬은 마르트의 물음에 당연하다는 듯 고개를 끄덕이며 말했다.

"남부에 계셨을 때 꽤나 시달리신 모양이더군. 정신적으로도 유약하신 분이시니⋯⋯. 당분간 황자님께서 직접 간호를 맡으셔서 삼 황자님의 심신이 안정이 되면 그때 우리들의 행보도 정해질 것 같다."

"간호를 직접⋯⋯? 황자님께서요?"

마르트의 물음에 하룬은 고개를 끄덕였다.

"그래. 예전부터 올리번 황자님께서 크로멘 황자님을 아끼는 마음이 특별하셨으니까."

"하지만……. 집사인 케플란 씨가 있지 않습니까."

"그게 뭐가 중요하지? 형이 동생을 돌보는 것이 어찌 집사 따위보다 나을 수 있겠나."

하룬은 그의 말에 기분이 나쁜 듯 딱딱한 얼굴로 말했다.

똑- 똑- 똑

방문을 두드리는 소리가 들렸다.

복도에서 등기사단의 부단장인 제르반그가 살짝 고개를 숙이며 인사했다.

"일전에 황자님께서 말씀하셨던 약초들이 모두 준비되었습니다. 바로 옮겨 드릴까요?"

"아닐세. 수고가 많았군. 나머지는 내가 하지. 올리번 황자님께서 손수 약을 달이시겠다고 하셨네."

하룬의 말에 제르반그는 감명을 받은 듯 낮은 탄성을 지르며 대답했다.

"정말…… 올리번 황자님은 하나부터 열까지 존경스럽습니다."

그의 말에 하룬은 마치 자신의 일인 양 고개를 끄덕이고는 말했다.

"당분간 이곳에 신세를 져야 할 걸세. 자네도 알다시피 베스탈 후작의 눈이 닿는 곳이야. 지금 크로멘 황자님의 상태가 황궁에 들리면 좋지 않네."

"알겠습니다."

"그러니 올리번 황자님께서 특별히 지시를 했네. 크로멘 황자님께서 머무시는 침실 주위에 호위병들을 모두 물리라고."

두근-

그 순간 하룬의 말에 마르트는 자신도 모르게 심장이 쿵 하고 내려앉는 기분이 들었다.

"자네 수하들을 못 믿는 것은 아니나 아무래도 후작의 사람들도 함께 있으니 말이야."

"괜찮습니다. 황자님의 명령이라면 베스탈 후작이라도 어찌할 수 없을 테니까요. 크로멘 황자님께서 편히 쉴 수 있도록 주위를 물리겠습니다."

"호위는 이쪽에서 맡을 것이니 걱정 말게나."

"넵."

제르반그는 하룬에게 인사를 하고는 방을 나섰다. 그가 나간 뒤에 하룬은 마르트를 비롯해 방에 있는 기사들에게 말했다.

"우리는 지금까지 그랬던 것처럼 이곳에서 대기를 하며 올리번 황자님의 명을 기다린다. 조금 전 말했다시피 크로멘 황자님이 계시는 숙소엔 오직 올리번 황자님만이 출입하실 것이다."

"네!"

"명심하겠습니다."

기사들은 하룬의 말에 당연하다는 듯 고개를 끄덕였다. 오히려 전장이 아닌 후작령에서 편하게 있을 수 있다는 것에 은근히 기뻐하는 눈치였다.

"저…… 자작님."

다만 마르트만이 떨리는 목소리로 말했다.

"왜 그러지?"

"황자님들께서 두 분만 계시고 싶은 마음은 알겠습니다. 하오나 자작님의 말씀대로 이곳은 베스탈 후작령입니다. 보초를 세우심이……"

하룬은 마르트의 말에 살짝 표정이 굳어졌다가 풀며 말했다.

"보초를 빼는 이유는 제르반그에게 설명했을 때 자네도 들었을 텐데. 그리고 걱정 말게. 두 분의 안전은 내가 맡을 것이니."

"아…… 그렇습니까?"

마르트는 그의 대답에 마른 입술에 침을 바르며 찝찝한 얼굴을 감추지 못한 채 고개를 끄덕였다.

확실히 하룬 자작은 지금 올리번이 대동한 기사 중 가장 강한 기사였다. 그의 실력을 의심하는 것은 절대 아니었다.

"그럼. 자네들도 이만 쉬도록."

"자작님께서는……?"

이어지는 마르트의 질문에 하룬은 조금 짜증이 난다는 표정으로 말했다.

"오늘따라 왜 그러지? 당연히 올리번 황자님이 계시는 크로멘 황자님의 침소가 있는 건물로 가는 것이 당연하지 않은가."

딱딱하게 돌아오는 대답.

"네."

그 순간 알 수 없지만 마르트는 전신을 훑고 지나가는 불안감에 자신도 모르게 몸을 떨었다.

'약초들이 모두 준비되었습니다.'

조금 전 제르반그가 했던 말이 귓가에 맴도는 기분이었다.

"……."

얼마의 시간이 흘렀을까. 벽에 걸린 시계의 바늘이 움직이는 소리만이 너무나도 크게 들렸다.

'쓸데없는 생각 하지 말자.'

안절부절못하는 마르트의 모습에 다른 사람들은 이해가 가지 않는 듯 의아한 얼굴로 그를 바라봤다.

딱- 따닥-

의자에 앉아 있는 그가 불안한 듯 다리를 떨었다. 굽이 바닥에 닿을 때마다 거슬리는 소리가 들렸고 그에 방에 있는 기사들이 살짝 얼굴을 찡그렸다.

"자네, 무슨 일이라도 있나?"

보다 못한 한 기사가 마르트의 어깨를 잡으며 말했다.

"……."

하지만 여전히 깍지를 끼고 손 위에 턱을 내리고서 고민에 빠진 듯 그는 자신에게 말을 건 기사에게 눈길도 주지 않았다.

"허, 참……."

맥거번가의 장남이 이토록 무례한 사람이 아니라는 걸 지금까지 함께해 온 사람들은 알고 있었기에 마르트의 모습에 오히려 이상함을 느꼈다.

"시간도 늦어지는데 슬슬 잘 준비나 하자고. 크로멘 황자님의 처소야 상관없다지만 이쪽의 보초는 확실히 해야지."

"물론."

"자자, 어서 준비하세."

평범한 하루가 지나가는 듯 기사들은 나른한 듯 기지개를 켜며 자리에서 일어섰다.

보초를 설 몇몇 기사들만이 자신의 무구를 챙겼다.

그때였다.

콰아아아앙-!!

기사들이 대기하고 있던 방문의 문이 거칠게 열리며 문이 부딪히는 소리가 복도에 울렸다.

모두의 시선이 한 사람에게 쏠렸다.

마르트 맥거번이었다.

"하아…… 하아……."

긴장으로 인해 그는 그저 숨을 쉬는 것만으로도 심장이 폭발할 것 같은 기분이었다.

"뭐, 뭐하는 거야!"

갑자기 자신을 밀치고 달려 나간 그를 보며 기사가 소리쳤다. 하지만 마르트에겐 이미 그들의 목소리가 들리지 않았다.

'미쳤지……'

마르트는 지금 자신이 하는 행동이 얼마나 위험하고 말도 안 되는 것인지 잘 알았다.

쿵! 쿵! 쿠웅-!!

하지만 그럼에도 불구하고 그는 있는 힘껏 복도를 달리기 시작했다.

"막아!!"

적어도 하나만큼은 믿었다. 만약 아버지인 크웰 맥거번도 자신과 같은 상황에 놓였다면 분명 이렇게 했을 것이라는 사실을.

"얼마나 걸렸습니까?"

"사흘."

"올리번의 성격치고는 꽤 오래 참았네요. 당장에라도 움직이고 싶어 근질거렸을 텐데."

비공정 위에 서서 팔짱을 낀 채로 고든 파비안은 커다란 담배를 입에 물고는 고개를 돌렸다. 카릴이었다.

"잘도 황자의 이름을 그렇게 부르는구나. 꼭 친한 사람을 말하는 것처럼."

"친하지 않습니다. 친할 생각도 없고요."

"흥, 녀석."

자신의 옆에 서 있는 그를 바라보는 고든의 눈빛이 떨렸다.

"정말로 네 말대로 될지도 모르겠군. 모두 예상을 하고 있던 거냐 아니면 이것까지 네가 만들어놓은 판인 거냐."

그의 물음에도 카릴은 오히려 아직 끝나지 않았다는 듯 크로멘이 있는 건물을 바라보며 담담하게 말했다.

"둘 다."

►**Chapter 4**◄

콰아아앙-!!

"자네 이게 무슨 짓이야!!"

하룬 자작의 외침에도 불구하고 건너편 건물에 있는 크로멘의 방의 문을 마르트는 거칠게 열었다.

복도의 소란도 잠시. 부서질 듯 열린 문 안쪽에 소파에 앉아 있는 크로멘과 함께 차를 마시던 올리번이 의아한 얼굴로 그를 바라봤다.

"어쩐 일이지? 마르트. 난 자네를 부른 기억이 없는데. 무슨 일이라도 생겼는가?"

너무나 평온한 그 모습에 마르트는 할 말을 잃은 듯 굳은 얼굴로 두 사람을 바라봤다.

"감히……! 이 무례한!!"

뒤에 서 있던 하룬 자작이 그의 어깨를 찍어 누르며 소리쳤다.

쿵-

그의 힘을 이기지 못하고 마르트가 바닥에 쓰러졌다. 그럼에도 그는 크로멘에게서 눈을 떼지 못했다.

'내, 내가 무슨 짓을……..'

밀려들어 오는 후회감.

잠깐이지만 올리번을 의심했다는 것과 지금 자신이 만든 소란에 대한 죄책감까지.

하지만 그와 동시에 크로멘이 살아 있다는 안도감이 함께 느껴졌다.

"그만. 하룬, 마르트를 일으키게. 같은 동료끼리 지금 이게 무슨 짓인가."

"하오나……."

"큭……!!"

하룬은 못마땅한 표정으로 마르트를 바라보며 짓누르고 있던 어깨를 잡은 손에 다시 한번 힘을 주었다.

"황가의 핏줄이 머무는 처소에 막무가내로 들어오는 것은 벌을 받아 마땅한 일이나 그는 크웰 맥거번의 아들이 아닌가."

올리번은 입에 가져가려던 찻잔을 내려놓았다. 단지 크로멘만이 긴장한 얼굴로 목이 타는지 차를 홀짝이기 시작했다.

"타당한 이유가 있기에 이런 무례를 저지른 것이겠지. 안 그런가?"

그는 바닥에 쓰러져 있는 마르트를 향해 걸어갔다.

"놓아주게, 하룬."

"……알겠습니다."

올리번의 허락이 떨어지자 그제야 하룬은 마르트를 붙잡고 있던 손을 놓았다.

어깨에 손자국이 선명하게 나 있었다. 상급 소드 익스퍼트의 실력인 그의 힘은 조금만 더 세게 잡아도 마르트의 어깨뼈를 바스러뜨리기 충분했다.

"자네도 알다시피 이곳은 베스탈 후작령이네. 보는 눈이 많아서 모두가 조심스러워하고 있지. 그런데 아닌 밤중에 소란이라……."

올리번이 마르트를 바라봤다.

얼굴은 웃고 있지만 어쩐지 섬뜩한 느낌이 들었다.

"이유를 설명해 줄 수 있겠지?"

"그게……."

긴장된 얼굴로 마르트의 입술이 떨렸다.

"뭔가 이상한 인기척이 느껴져서……. 무례를 용서하시옵소서. 저하."

"하하, 아닐세. 인기척이라니. 만약 그랬다면 하룬 경이 먼저 알아차렸을 거야. 신경을 써주는 것은 고맙지만 너무 걱정할 필요 없네."

올리번은 탁자에 뒀던 자신의 찻잔을 들었다.

"아무래도 첫 출전이다 보니 여러모로 긴장을 많이 한 듯하군. 그동안 내 호위를 하느라 지쳤나 봐. 안 그래?"

"……죄송합니다."

그는 이해한다는 듯 마르트의 어깨를 가볍게 두들기며 말했다. 그러고는 찻잔을 그에게 건넸다.

"자네도 한잔하겠는가? 맛이 좋아."

찻잔 안에 투명한 차.

기묘하게도 아무런 향이 나지 않았다.

"……"

스치는 불안감.

마르트는 올리번이 건넨 차를 물끄러미 바라보고는 마시지 않고 황급히 무릎을 꿇고는 소리쳤다.

"아, 아닙니다!! 두 분의 시간을 방해해서 송구스럽습니다. 무례를 용서해 주신 것만으로도 감사합니다. 돌아가 보겠습니다…… 저하."

"그래?"

"정말 네 말대로…… 마르트가 올리번을 찾아갔군."

고든은 나지막하게 말했다.

마력을 집중시키자 그의 눈동자 속에 황금빛으로 빛나며 홍채를 중심으로 원형의 고리 같은 마크가 생겨났다.

수 킬로미터나 떨어져 있는 거리였지만 그의 눈에는 건물 안의 광경이 선명하게 보였다.

마치 망원경으로 보는 것처럼 건물의 크기가 점차 확대되는 듯 가까워지면서 고든의 눈에는 올리번의 표정까지 보였다.

"……."

시야를 높이는 보조 마법인 이글 아이(Eagle Eye)를 뛰어넘어 소드 마스터와 같은 극의의 신체를 가진 자들만이 사용할 수 있는 만환(卍環)이었다.

건물 안에서 벌어지는 광경을 보며 고든은 끝내 눈을 감으며 낮은 한숨을 토해냈다.

"올리번이 어떤 인간인데. 그렇게 쉽게 꼬리를 밟히겠습니까. 이런 곳에서 대놓고 크로멘을 죽일 리가 없죠. 자신의 무죄를 증명할 증거를 만들어두는 것이 더 중요하겠죠."

게다가 마르트가 동년배에선 나름 뛰어난 실력을 가진 검사지만 하룬 자작이 막고 있는 문을 뚫을 수 있을 리가 없었다.

'일부러 보여주기 위함이다.'

두 사람이 안전하게 있다는 것을.

크로멘의 죽음이 자신과 연관되지 않는다는 걸 보이기 위함이었다.

"사악한 녀석. 덕분에 마르트가 앞으로 곤욕을 치르겠군. 낚으려는 대어가 황자가 아니라 저 녀석일 줄이야, 누가 알았겠어."

카릴은 옅은 미소를 지었다.

"마르트여야만 했으니까요."

만약 올리번이 이곳에서 크로멘을 죽일 작정이었다면 굳이 살인 현장을 보여줄 사람으로 마르트를 선택할 필요는 없었다.

마법사의 반열에 오른 티렌이야 자신의 변환 마법을 눈치챌 가능성이 있어 배제한다 하더라도 하룬이라든지 제르반그와 같은 실질적으로 영향력이 있는 자를 끌어들였을 것이다.

'내가 그 많은 사람 중에 마르트를 선택한 이유.'

카릴은 그를 잘 안다.

마론 협곡에서 마족에게 심장이 꿰뚫린 채 죽어가던 첫째는 여섯 형제 중에 티렌과 함께 가장 오랫동안 자신이 봐왔던 남자였다.

"마르트라면 분명 눈치챘을 겁니다."

크웰 맥거번이라는 위대한 남자의 아들로서 그는 귀족적인 면모를 보이는 장남이었지만 그는 누구보다 지기 싫어하고 주위의 눈치를 살핀다는 것.

꼼꼼하지 못한 엘리엇이나 올리번을 끝까지 믿는 다른 충신들은 안 된다.

'그만큼 의심도 많지.'

게다가 어머니인 이사벨 에시르는 아들들에게 엄격하게 귀족의 예법을 가르쳤다.

식기를 다루는 방법에서 차를 마시는 것까지.

비록 지금은 약소가문에 불과하지만, 구 제국 건국의 공신이었던 대마도사인 카이에 에시르의 후예라는 자부심이 강한 여자였다. 자신의 자식들이 다른 귀족들의 입에 오르내리는 실수를 겪지 않도록.

그런 마르트라면 의아할 것이다.

'너라면 분명 알아차리겠지. 세상에 향기가 없는 차는 없다는 걸.'

굳이 그런 것을 찾는다면 물뿐일 것이다.

하지만 황자들이 아무것도 넣지 않은 끓인 물을 마신다?

있을 수 없는 일이다.

'불쌍한 크로멘. 그 아이는 긴장해서 맛을 느끼기는커녕 그저 형이 주는 것을 믿어 의심치 않고 먹을 뿐이겠지.'

물이 아니라면 하나뿐이다. 전생에 올리번이 크로멘에게 먹였던 무색무취의 독약, 미명(未明).

"진짜 그런 독이 있나. 솔직히 난 아직도 믿기 어렵군……. 올리번이 크로멘에게 독을 먹인다는 게."

"곧 알게 될 겁니다."

카릴의 기억 속에 크로멘의 죽음은 확실히 남아 있었다.

황제는 모든 귀족이 참석하도록 명하며 성대하게 국장(國葬)을 치렀고 석 달 동안 술과 노래를 금하고 그의 죽음을 애도했기 때문이었다.

'자신도 그 약에 죽을 거라곤 생각도 못 했겠지만.'

비록 전생에는 이번 원정과 같은 사건은 없었지만 적어도 그 이전부터 독을 먹었던 크로멘의 죽음의 시기는 달라지지 않을 것이다.

'그게 바로 이 시기다. 게다가 이런 상황이라면 올리번은 오히려 크로멘의 죽음을 디곤에게 떠넘기기 위해 지금의 기회를 놓치지 않을 것이다.'

"제 예상대로라면 두 사람이 황궁에 도착한 뒤에 크로멘의 비보가 저희에게 들릴 겁니다. 그것이 올리번의 입장에서 가장 완벽한 죽음이니까."

"흐음……."

"그렇게 되면 마르트는 정말로 의심하겠죠."

카릴은 눈빛을 빛냈다.

"그리고 네 녀석이 그런 그를 이용해서 크로멘의 죽음을 밝히겠지. 그런데 굳이 이렇게 복잡하게 할 필요가 있을까. 원한다면 내가 녀석의 가면을 벗길 수도 있다."

고든의 말에 카릴은 고개를 가로저었다.

"안됩니다. 올리번 한 명만을 노리는 거라면 그럴 수도 있겠죠. 가장 극적인 순간에 제가 만든 무대에 모두가 올라와 있어야 하니까요."

그 순간, 카릴의 눈빛이 빛났다.

'올리번뿐만이 아니다. 황제와 루온까지 동시에 끌어내리기 위해선……. 크로멘의 죽음이 필요하다.'

그는 낮게 말했다.

"이게 마지막입니다. 결말은 황도에서 치러질 것입니다."

오싹-

그 순간 고든은 직감했다. 지금껏 카릴이 한 모든 것이 단순히 진실을 밝히려는 정의감이 아닌 그 자신이 그 무대 위에 서기 위함이라는 것을.

'어디까지 생각하는 거지? 네 녀석이 만들 무대라는 게 제국을 집어삼키기 위함인 것이냐.'

"후회하십니까?"

카릴이 확인을 하듯 고든 파비안에게 물었다.

어찌 되었든 크로멘을 남부로 데리고 온 사람은 고든이었으니까. 그의 죽음에 고든 역시 책임을 져야 했기 때문이다.

"아니다. 이번이 아니더라도 어차피 황위에 오를 수 없는 아이다. 언제라도 죽을 녀석이야."

고든은 고개를 저었다.

"적어도 그 죽음이 의미를 가진다면 그에게는 조금이라도 나은 걸지 모르지."

"흐음……."

카릴이 눈을 옅게 뜨며 말했다.

"당신이 막고자 한다면 지금이라도 가능합니다. 비공정에 엘릭서가 있지 않습니까. 그거라면 크로멘이 먹은 독을 중화시킬 수 있을 겁니다."

그의 말에 고든은 어이가 없다는 표정으로 콧방귀를 뀌며 말했다.

"허허, 네놈이 그걸 어떻게 알지? 그건 황제도 모르는 일인데."

엘릭서(Elixir). 만능의 영약이라고 불리는 이것은 마도 시대 엘프의 산물이라 알려져 있으며 지금은 실존하지 않는 것으로 여겨지는 물건.

하지만 딱 한 곳. 교도 용병단의 비공정에는 그 유물이 남아 있었다. 그가 어떤 식으로 그 영약을 찾아낸 것인지는 모르지만 적어도 그가 전생에 엘릭서를 어떻게 사용했는지 카릴은 알고 있었다.

'자신의 불치병에도 쓰지 않고 아껴뒀던 그 영약을 아버지에게 넘겼지.'

카릴은 두 사람의 관계를 모른다.

단순히 강자로서 만남으로 이뤄진 우정일까. 아니면 자신이 모르는 그 어떤 관계가 숨어 있는 것일지도.

'생각해 보면 아버지는 무척이나 특이한 사람이야. 내 친부의 이름을 부를 때도 이민족으로 대한 것이 아닌 마치 친구의 이름을 부르듯이 했었지.'

전생에는 그저 크웰 맥거번에 대한 적대감뿐이었기에 몰랐지만 카릴은 다시 돌아온 이 현생에서 크웰이 자신에게 칼리악에 대해 했던 얘기들을 떠올렸다.

그가 카릴에게 아그넬을 건넸던 날. 확실히 크웰은 그 검이 검은 눈 일족의 수장인 칼리악이 남긴 유품이라 말했지 그에게서 빼앗은 전리품이라 말하지 않았다.

카릴이 아는 크웰은 결코 거짓말을 할 위인이 아니었다.

'네 아비가 나에게 남긴 거다.'

유일한 검은 눈 일족의 생존자인 자신에게 맡기지 않고 칼리악은 크웰 맥거번에게 유품을 남겼다.

이민족이 제국인을 믿는다? 확실히 그 관계는 평범하지 않았다.

'어째서 아버지께서는 나를 양자로 받아들이신 걸까……. 황제의 명을 어기면서까지.'

생각해 보면 크웰의 행동들은 단순하지 않았다. 게다가 교도 용병단의 고든 파비안 조차 자신의 목숨이 아닌 크웰 맥거번에게 하나뿐인 엘릭서를 남기지 않았는가.

'아버지는 이민족에게 신임을 받고 있었던 것일까. 하지만 결국 이단섬멸령을 이끈 북부 정벌대의 지휘관이 그였다.'

너무나 반대되는 양면적인 모습.

그것에도 이유가 있는 걸까.

어려운 일이다.

카릴은 낮은 한숨을 내쉬었다.

단순히 검(劍)으로 자신을 관철시켰던 전생과 달리 정치라는 것, 암투라는 것에 더욱 깊게 알수록 그는 세상의 흐름이란 것이 결코 쉬운 것이 아니라는 것을 느꼈다.

'아버지는 무엇을 하고 싶으셨던 걸까.'

쫘악-

'하지만 그래 봤자……'

카릴은 자신도 모르게 저 멀리 건물을 주시하며 주먹을 쥔 손에 힘이 들어갔다.

'저놈에게 죽임을 당했지.'

그는 고개를 돌렸다.

'크로멘. 비록 널 살려주진 못하지만 적어도 네 죽음만큼은 이번 생엔 밝혀주마. 그게 내가 네게 해줄 수 있는 유일한 배려다.'

수많은 죽음을 기억하고 있다. 모든 사람을 살릴 순 없다.

몇 번이나 다짐했고 숱하게 겪었던 일이다.

하지만 역시나 죽음 앞에서 초연해질 수는 없었다.

"이거."

"뭐지?"

카릴은 쪽지 하나를 건넸다.

비공정 위에 있던 서 있던 고든 파비안은 그를 바라보며 물었다.

"아시지 않습니까. 저번에 우리가 했던 거래. 이 일을 성사시키고 나면 드리겠다고 했는데. 당신의 병의 치유약을 얻을 수 있는 곳입니다."

고든은 쪽지를 펼쳐 읽고는 어처구니없는 표정으로 카릴을 바라봤다.

"여기에 있다고?"

"네."

"그러니까 지금 나보고 여기에 가라고?"

"맞습니다."

"······지금 장난해?"

그런 그의 반응에 카릴은 묘한 웃음을 지었다.

그의 반응도 충분히 이해가 갔다.

쪽지에 그려져 있는 지도가 가리키는 곳은 마도 시대에도 공략되지 못해 금역의 땅이라고 불리는, 망령의 성. 고스트 캐슬(Ghost Castle)이 있는 장벽 너머의 땅이었기 때문이다.

"나 원 참, 살려고 들어갔다가 죽어서 나오겠군."

고든은 카릴이 건넨 쪽지가 더 이상 필요 없다는 듯 갈기갈기 찢어 바람에 날리며 투덜거렸다.

"너무 억울해하지 마십시오."

카릴은 고든의 어깨를 가볍게 치며 말했다.

"저도 함께 갈 거니까."

"마스터에게서 전갈이 왔다."

"계획대로?"

"당연히. 계획대로."

두샬라는 남부의 열기가 마음에 들지 않는 듯 막사 안으로 들어오자마자 얼굴을 가리고 있던 히잡을 풀며 부채질을 했다. 이마에 맺힌 땀이 주르륵 흘러내리며 촉촉하게 젖은 입술이 씰룩였다.

"뭘 봐?"

그녀의 등장에 멍하니 있던 투 부족의 부족원들은 순식간에 열기를 얼어붙게 만들 정도로 차가운 그녀의 말에 황급히 고개를 돌렸다.

그런 그들의 모습을 보며 베이칸은 피식 웃었다. 대초원에서 가장 용맹한 전사들이라 여겨지는 투 부족의 전사들이 그녀의 앞에서는 꼼짝도 못 하고 벙어리가 되니 말이다.

"다시 바빠지겠군."

카릴과 함께 남부로 온 베이칸과 키누는 카릴이 디곤과 일전을 벌이는 동안 대초원에서 대기를 하고 있었다. 당연하게도 교도 용병단이 오아시스를 습격할 때 막았던 병력은 그들이었다.

남부의 야만족의 힘은 강력했지만 용병단을 상대로 쉽게 승리를 장담할 수는 없었다. 두샬라, 수안 그리고 에이단이 합류하지 않았더라면 말이다.

마치 교도 용병단과 한 판 붙을 것을 예상하기라도 한 듯 카

릴은 그 세 사람을 먼저 남부로 보내어 그들의 동태를 살피게
했었다.

"다시 보게 될 때는 타투르에서려나?"

"아마도."

"이번엔 오래 걸리겠어."

오랜만의 재회의 회포를 푸는 것도 잠시 이제 다시 흩어진
다는 사실에 에이단은 조금 아쉬운 듯 말했다.

"그래서 마스터가 뽑은 인원은?"

"너와 수안."

에이단의 물음에 두샬라는 두 사람을 가리키며 대답했다.

"좋아. 마스터께서 이번에 기회를 주시는군."

그녀의 말에 수안 하자르는 주먹을 쥐며 기쁜 듯 말했다.

그는 이번 마굴 토벌과 함께 트윈 아머에서 있었던 전투에
참가하지 못했던 것이 못내 아쉬웠었던 모양이었다.

베이칸과 키누는 그런 그의 마음을 조금은 이해한다는 듯
고개를 끄덕였다.

"망령의 성은 야만족들도 찾지 않는 금단의 구역이다. 잘 알
고 있겠지?"

"물론."

빛의 신, 율라(Yula)의 힘이 닿지 않는 유일한 땅. 그렇기 때
문에 사람들은 그곳을 저주받은 곳이라 부르며 거대한 장벽을
세워 아예 막아버렸다.

"조심해. 250년 전 대마도사인 카이에 에시르조차도 그곳을 그냥 두었으니까. 암시장의 모든 정보를 뒤져도 거기에 대한 것은 없어. 그만큼 알 수 없는 곳이라는 말이지."

"그러니 더더욱 기대되는데."

수안 하자르는 겁 없이 대답했다.

하지만 오히려 그런 그의 성격 때문에 어쩌면 천 년 동안 공략되지 못한 던전을 노리는 토벌대에 적합한 것일지도 몰랐다.

"그럼 우리들은? 마스터께서 따로 계획을 주셨나?"

"물론. 허술한 분이 아니시니까. 마스터의 예상대로라면 보름 안에 크로멘 황자의 비보가 알려지게 될 거라는군. 나머지들이 움직일 때는 그때야."

"으흠……."

두샬라의 말에 베이칸과 키누 무카리는 고개를 끄덕였다.

3황자의 예견된 죽음은 이미 카릴에게 들어서 알고 있었던 일이지만 고작 10살도 채 되지 않은 어린아이가 역사의 희생양이된다는 것은 야만족인 그들에게도 썩 유쾌한 일은 아니었다.

"결국……."

"누군가의 죽음이 신호라……."

베이칸의 혼잣말에 두샬라는 땀을 닦아내며 차갑게 얘기했다.

"그 표정은 뭐야? 설마 지금 그 녀석을 불쌍하게 여기는 거야? 우리가 죽여? 아주 성인군자 납셨어. 지금 이 상황에 적에게 아량을 베풀 여유가 있어?"

"두샬라, 그런 의미가 아니잖아."

수안이 살짝 인상을 찌푸리며 말했다.

"흥."

그녀는 못마땅한 듯 콧방귀를 뀌었다. 오히려 이 상황을 매몰차게 대하는 것이 그녀 나름의 배려일지도 몰랐다.

"아량이 아니다. 여유도 아니지. 야만족은 사냥감을 대하는 것처럼 적에게 자비를 두지 않는다. 하나 가족은 달라. 적어도 우린 가족을 죽이진 않는다. 죽음에도 종류가 있다. 비참한 죽음에 최소한의 애도는 할 수 있는 법이야."

베이칸은 담담한 표정으로 말했다.

"누군가를 죽여야 한다면 고통 없이 죽이는 것이 야만의 아량이다."

그는 막사 밖으로 걸어 나가며 말했다.

"독 따위가 아니라."

키누 무카리는 그 말에 가볍게 어깨를 으쓱하며 뒤를 따랐고 에이단은 짐을 싸기 시작했다.

"칫, 남정네들이 모두 이렇게 물러서야. 원……."

두샬라는 그들을 바라보며 낮게 중얼거렸다.

그저 같은 관리자였던 수안만이 그녀의 마음을 이해한다는 듯 어깨를 두들겼다.

"참, 수안."

"음?"

"마스터께서 망령의 성에 가기 전에 네게 따로 시킨 일이 있어."

"그게 뭐지?"

"나야 모르지."

언제나 그렇듯 두샬라는 수안에게 쪽지 하나를 건넸다. 그는 황급히 그걸 받아 읽기 시작했다.

"……이거 진짜야? 여기에 다녀오면 시간이 맞지 않잖아. 나보고 망령의 성에 가지 말라는 뜻하고 똑같은걸."

두샬라는 조금 전과 달리 실망 가득 울상이 되어버린 수안을 바라보고는 들고 있던 쪽지로 시선을 옮겼다.

"코브?"

수안은 불안한 표정으로 다시 한번 쪽지에 그려진 지도를 바라보며 말했다.

"그래, 지금 나보고 코브를 다녀오라니. 이게 말이 돼? 그럼 망령의 성은? 여기서 공국까지 얼마나 먼데."

그는 고개를 저었다.

"아무리 빨라도 석 달은 넘게 걸릴걸."

"네 조타술로도?"

"그래, 내 조타술로도 말이야."

두샬라는 투정을 부리듯 말하는 수안을 향해 팔짱을 낀 채로 말했다.

"덩치는 산만한 녀석이 그런 걸로 울상을 짓지 마. 잘 생각해 봐. 분명 마스터는 너와 에이단을 지목했어."

"그건 네가 돌아올 때까지 널 기다린다는 뜻일 수도 아니면 그 전까지 망령의 성이 공략되지 않는다는 의미는 아닐까?"

"하지만……."

쪽지에는 이렇게 쓰여 있었다.

<코브로 가 슈프림(Supreme)과 함께 돌아오라.>

"족히 석 달이 넘게 걸릴 텐데 그때까지 마스터가 날 기다리실까?"

"애초에 우리의 계획이 시작되는 건 크로멘이 죽고 난 뒤부터야. 올리번도 머리가 있다면 당장에 그를 죽이진 않을 거야. 시기를 노리겠지."

앓는 소리를 하는 수안을 바라보며 두샬라는 어쩐지 즐거운 표정이었다.

그녀는 기대 가득한 표정으로 말했다.

"그리고 어쩐지……. 그래서 마스터가 네게 전하라고 나에게 한 말이 있었구나. 이제야 무슨 뜻인지 알겠어."

"뭐?"

"마스터의 전언이야. 이제 그걸 쓸 때다."

두샬라는 비장한 목소리로 말했다.

"으음……?"

하지만 수안이 여전히 그녀의 말이 제대로 이해가 안 간다는 듯 바라보자 두샬라는 낮은 한숨을 내쉬며 말했다.

"뭔지 모르겠어? 타투르에서 너만이 다룰 수 있는 게 하나 있잖아."

그녀는 힘을 주며 말했다.

"마도범선(魔道帆船)."

"……!!"

수안은 그 말에 자신도 모르게 주먹을 꽉 쥐었다.

"그거라면 시간을 반으로 줄일 수 있지 않을까?"

두샬라의 말에 수안은 고개를 저었다.

"아니. 1/3로도 가능하지."

당장에라도 달려갈 듯 수안이 걸음을 옮겼다.

"그런데……."

신나게 막사 밖을 향해 나가던 수안이 천막을 걷다가 멈칫하면서 물었다.

"슈프림이 누구야?"

"글쎄? 나도 모르겠는데."

두샬라는 수안의 물음에 어깨를 으쓱하며 말했다.

"가보면 알겠지. 절대로 마스터는 의미 없이 일을 시키진 않을 테니까."

"나도 간다."

베스탈 후작령으로 떠난 카릴을 기다리던 밀리아나는 그가 돌아오자마자 밑도 끝도 없이 말했다.

"뭐? 어디를?"

카릴이 살짝 인상을 찡그리며 되물었다.

"어디든."

너무 당당해서 오히려 물은 카릴이 당황스러운 표정으로 그녀를 바라봤다.

"망령의 성에 갈 건데도? 남부의 야만족들은 금역이라고 발도 들여놓지 않은 곳인데."

카릴의 말에 이번에는 살짝 당황한 듯 밀리아나가 눈을 동그랗게 떴다. 하지만 이내 곧 마음을 다잡은 듯 말했다.

"사, 상관없어. 잘됐네. 이참에 지긋지긋한 장벽도 무너뜨리고 영토를 넓힐 수 있겠어."

목소리가 살짝 떨리면서도 호기롭게 말하는 그녀를 보며 카릴은 피식 웃었다.

"네가 가면 란돌은?"

"그게 왜? 설마 그 녀석이 디곤 일족에게 잡아먹히기라도 할까 봐 걱정하는 거야? 몇 개월밖에 되지 않았지만 내게서 디곤 검술의 기본기를 모두 익힌 녀석이야. 검술로 란돌을 이길 사람은 우리 부족에서도 나를 제외하고 단 셋뿐이다."

카릴은 밀리아나의 말에 고개를 끄덕였다.

"누군지 궁금하지 않나 봐?"

그런 그의 반응에 오히려 실망한 표정으로 그녀가 카릴을 바라봤다.

"응. 대충 알 것 같아서. 딱히 궁금하지도 않고."

"뭐야? 재미없긴……. 설마 디곤에도 ㄲ나풀을 심어둔 건 아니겠지?"

"내가 안 심어도 이미 있을걸. 5대 일가와 4부족이 호락호락 한 사람들이라고 생각해?"

"뻔하군. 타샤이 놈들이구만."

그녀는 살짝 입술을 삐쭉 내밀며 말했다.

5대 일가 중에 한 부족인 타샤이는 남부를 통틀어서도 가 장 은밀한 부족이었으니까.

그녀의 예상대로 나락 바위에 려기사단이 습격했을 때에도 그들이 가장 먼저 반응을 한 것은 맞다. 하지만 타샤이의 보 고가 없어도 카릴은 이미 그 셋이 누군지 잘 알고 있었다.

'여왕의 검'이라 불리며 남부 일대의 타락들을 쓸어버렸던 강자들.

검술만 놓고 본다면 소드 마스터에 버금갈 정도라서 카릴도 인정하는 자들이었다.

특이한 것은 모두가 여자라는 점.

'잘 알지. 밀리아나, 바로 너의 자매들이잖아. 아쉽게도 용마 력을 이어받지 못했지만.'

하지만 오히려 드래곤의 육체를 물려받은 것이 아닌가 하는 소문이 돌 정도로 육체적인 능력은 수장인 그녀보다 뛰어났다. 전생에 카릴조차도 그 셋과 동시에 싸울 때는 긴장하지 않을 수 없을 정도였으니까.

"정말로 따라올 거야?"

"몇 번이나 말해. 날 놓고 갈 생각은 안 하는 게 좋아. 남부 일대에 내 눈을 피할 수 있는 곳은 없으니까."

밀리아나는 이미 마음을 단단히 먹은 듯 자신의 애검인 아크와 게일을 챙기면서 말했다.

"어차피 당신 말대로라면 당분간 디곤과 제국이 맞붙을 일은 없을 테고……. 황제라면 당장에라도 남부를 쓸어버리고 싶겠지만 트윈 아머에 있는 4만의 포로 때문에 선불리 움직일 수도 없겠지."

정황을 정확하게 꿰뚫어 보는 그녀의 말에 카릴은 옅은 미소를 지으며 고개를 끄덕였다.

"포로들을 오랫동안 잡아둘 생각은 없어. 소모되는 식량도 만만치 않으니까. 일단 타투르로 옮길 생각이야."

"흐음."

"그들은 이제 남은 마지막 계획이 끝날 때까지 방패막이가 되는 걸로 제 몫을 다 하는 거지."

"그럼? 끝나면 제국으로 돌려보낼 거야?"

"물론. 하지만 그동안 재워 주고 먹여 줬는데 공짜로 보낼 순

없지."

카릴은 의미심장한 표정으로 말했다.

"또 알아? 의외로 타투르가 좋아서 남고 싶어 하는 자들도 있을지."

"당신…… 또 뭔가 꿍꿍이가 있는 얼굴인데."

이제는 그가 이런 표정을 지을 때마다 예상치 못한 일들이 터진다는 걸 잘 알았다.

"뭐, 좋아. 사실 손이 조금 부족했는데……. 네가 온다면 나야 환영이지."

카릴은 만족스럽다는 듯 고개를 끄덕였다.

"크로멘이 죽으면 올리번은 그걸 네게 뒤집어씌울 거야. 이번에야말로 제국은 남부를 토벌할 좋은 빌미를 가지게 되는 거지."

"알고 있어. 나라도 그럴 거야. 형제의 자리싸움이 죽음까지 치달았다고 말할 수 없으니. 아주 좋은 기회 아냐?"

"다녀와서도 꽤 힘들 거야."

"언젠가 진실은 밝혀지겠지. 그러기 위한 계획이었잖아. 네가 말한 몰이사냥. 애초에 올리번과 타이란 슈테안을 동시에 잡으려는 거였어."

밀리아나는 기대에 찬 눈빛으로 말했다.

"너. 끝까지 악역을 잘할 수 있겠어?"

카릴의 물음에 그녀는 피식 웃으면서 말했다.

"악역? 마지막까지 살아남으면 그건 영웅이지."

그녀는 천천히 걸어갔다.

그런 그녀의 뒷모습을 바라보며 카릴도 뒤따라 걸음을 옮겼다.

"맞아, 그렇지……."

"화이트 벙커로 가자."

호들갑을 떨며 복도를 달려온 캄마가 방문을 열며 소리쳤다.

"안 돼요."

"안 되긴 뭐가 안 돼! 태평하게 누워 있을 때냐! 이 녀석아. 이제 정말로 코브에 병력이 모두 집결했단 말이야."

소파에 누워 과일을 먹고 있는 칼을 보며 캄마는 어처구니 없다는 표정으로 소리쳤다.

"네 말대로 프란의 정보를 팔기 위해서라도 우리가 화이트 벙커로 가야 하지 않겠어? 응?"

그러다가 이번엔 그를 구슬릴 작정으로 두 손을 깍지 끼고서 나지막하게 말했다.

"프란에 대한 정보를 팔긴 팔아야죠. 그런데 우리가 직접 가는 건 아니죠. 또 말해 드려야 해요? 마스터가 그랬잖아요. 든든한 지원군이 올 거……."

"그 빌어먹을 든든한 놈은 도대체 언제 오는 건데! 그러다가 전쟁 터져서 다 죽으면 누가 책임질 거야?"

울상으로 소리치는 캄마가 하루 이틀은 아니었는지 칼 맥은 고개를 절래 흔들며 테이블에 놓인 사과를 한 입 베어 물었다.

"기다려 보세요. 프란의 정보를 판다고 해서 그게 꼭 틀리여야 하는 법은 없으니까."

"그게 무슨……."

똑- 똑- 똑-

그때였다.

칼은 살짝 고개를 젖히며 말했다.

"혹시……. 그 지원군?"

타다다닥……!!

그의 말이 끝나기가 무섭게 캄마는 평생 살아오면서 가장 빠른 속도로 문을 향해 뛰어갔다.

"미하일!! 한참 기다렸……."

문을 열면서 잇몸을 만개하며 신나게 웃던 캄마는 자신이 알고 있는 얼굴이 아닌 다른 사람이 서 있자 살짝 머뭇거렸다.

"누…… 누구신지요?"

"반갑습니다. 소란스러운 와중에 이제야 이렇게 뵙게 되네요. 라바트 길드의 총수님이십니까?"

"크흠. 총수는 아니지만 이곳의 관리자이지요."

캄마는 헛기침을 한 번 하고는 거만한 표정으로 문 앞에 서 있는 남자에게 말했다.

"저는 레디오스라고 합니다. 라바트 길드와…… 거래를 트고 싶습니다만."

말끔하게 생긴 얼굴로 손을 내미는 청년을 보며 캄마는 시원시원하게 웃으며 그를 안내했다.

"하하하, 고객이셨구나. 여봐라, 이분을 안내해 드려라."

"넵."

복도에 서 있던 시종이 남자에게 다가와 접대실로 안내했다. 그가 접대실로 들어가자 캄마는 짜증 난다는 표정으로 중얼거렸다.

"지금 무슨 거래는 얼어 죽을……. 전쟁이 터지기 일보 직전인데. 어디서 온 머저리야? 안 그래?"

하지만 어쩐지 캄마의 말에 관심이 없던 칼이 사과를 입에 문 채로 벌떡 일어났다. 그러고는 생각에 빠진 듯 고개를 갸웃거렸다.

'레디오스……? 어디서 들어본 이름인데.'

대꾸도 없는 그를 보며 캄마는 어이가 없다는 듯 콧방귀를 뀌었다.

"이놈 보게……."

칼 맥의 이마에 꿀밤을 놓으려고 주먹을 쥔 순간.

"……아!!"

"아씨, 깜짝이야!"

탄성을 지르는 그의 목소리에 오히려 캄마가 놀라 쥔 주먹을 풀면서 뒤로 물러섰다.

"뭐, 뭐야? 이놈아!"

하지만 칼 맥은 오히려 손을 들어 캄마의 입을 틀어막으면서 집게손가락을 들어 자신의 입술에 가져가며 말했다.

"쉿, 쉿! 조용히 하세요."

"웁…… 우웁?"

칼은 주위를 한 번 훑고는 캄마의 귀에 속삭였다.

"기억 안 나세요? 레디오스. 마스터께서 저희들에게 말씀했던 두 사람의 이름 중 하나잖아요."

"아! 우웁."

그제야 캄마도 기억나는 듯 소리치려다가 칼 맥의 손에 다시 한번 가로막혔다.

'레디오스, 더글라스. 이곳에 있다 보면 분명 그 둘 중 한 명이 혹은 둘 모두가 너희들에게 접근할 거야. 튤리와 프란 중에 어느 쪽 세력인지 확인 후에 너희들은 그들에게 정보를 팔아.'

카릴은 코브를 떠나기 전 캄마와 칼 맥을 불러 남긴 명령이 있었다.

'그 둘에게요?'

'그래. 거래를 하는 동안 녀석들의 배후를 알아낼 수 있으면 더

좋고.'

'어차피 프란 아니면 튤리 둘 중 한 명 아닐까요? 아니면 그 둘을 지지하는 나머지 공작들이라든지요.'

'그게 가장 가능성이 높긴 하지만 아닐 수도 있어.'

'네? 그 둘이 뭔데요?'

'너희들도 들어 봤겠지. 우든 클라우드(Wooden Cloud).'

'에 엡?! 그거 소문만 무성한 공국의 비밀 단체 아니에요? 그들은 왜요?'

'맞아. 내가 그들을 좀 찾고 있거든. 개인적인 일이기도 하지만 대륙의 일이기도 하지. 좀처럼 윗선을 찾기 힘들어서 말이야.'

카릴은 말을 이었다.

'아마 녀석들에게 나에 대해선 알려졌을 거야. 그런데 조사를 하다 보니 그 녀석들이 일하는 이유가 꼭 공국을 위한 것은 아닐 수 있다는 생각이 들더군.'

'으흠……. 공국과 우든 클라우드를 별개로 보고 조사를 하라는 말씀이시군요.'

'맞아.'

눈치 빠른 칼 맥은 단번에 카릴의 말을 이해했다는 듯 고개를 끄덕였다.

코브에 와서 프란 루레인이 우든 클라우드의 소속이라는 것은 확인했지만 모든 우든 클라우드가 프란의 편이라고는 할 수 없었다.

즉, 우든 클라우드 내에서도 파벌이 존재할 수 있다는 뜻이었다.

애초에 공국이 멸망하고 난 뒤에도 존재했던 그들이 만약 공작가를 위해서 싸웠던 자들이었다면 다시 나라를 세우는 것이 목적이 되었어야지 교단을 세우지 않았을 터.

'자세한 걸 다 알려주긴 어렵다. 하지만 명심해. 만일 찾게 되어도 무리하게 위험을 감수해서까지 파고들지 마. 이곳은 타투르가 아니니까. 너희들이 무사히 돌아오는 것이 가장 중요하다.'

'명심하겠습니다.'

칼 맥은 카릴의 이야기를 떠올리며 캄마의 입을 막았던 손을 떼며 말했다.

"아저씨, 우리가 해야 할 일이 뭔지 알죠?"

그의 말에 캄마는 이제야 참았던 꿀밤을 그의 이마에 때리며 말했다.

딱-!!

"온석아. 아저씨는 무슨, 관리자님이라고 똑바로 말하라 했지."

캄마는 그렇게 말하면서 순식간에 표정이 바뀌어 자신의

옷매무새를 가다듬었다.

"우리가 진짜 정보를 팔아야 할 고객이란 말이잖느냐. 여기서부턴 어른의 영역이다. 꼬맹이는 가만히 지켜보기나 해."

그는 양손을 이리저리 풀면서 접대실의 문고리를 잡았다.

"간만에……."

조금 들떠 있는 그였지만 칼 맥은 적어도 캄마가 실패하진 않을 거라고 확신했다. 워낙에 쟁쟁한 사람들 때문에 저평가되기는 했지만 그 역시 무법천지인 타투르의 관리자이지 않던가.

캄마는 문을 열고 복도에 나서며 칼 맥을 향해 말했다.

"실력 발휘 좀 해볼 테니 말이야."

"후우……. 냄새 한번 고약하군."

남부 일대를 가로지르며 내려가던 도중에 고든은 코를 찌르는 악취에 살짝 인상을 찡그렸다.

베스탈 후작령에서 이틀을 더 기다린 뒤. 올리번이 제국으로 돌아갈 준비를 하는 것을 확인하고 나서 그는 카릴과 함께 남부를 향했다.

목적지는 당연히 망령의 성이었다.

그곳을 향해 가는 중간에 넘어야 할 거대한 장벽은 아직 한참 남은 거리임에도 불구하고 워낙에 높아서 육안으로 보일 정도였다.

"사자(死者)의 땅이라서 그렇지. 죽은 대지는 비단 장벽 안에만 그런 게 아냐. 뭐, 죽으면 다 똑같지. 뼈와 썩은 살점만 남길 뿐."

고든의 말에 밀리아나는 얼굴을 가린 천을 잡아당겨 조금 더 코를 막으면서 말했다.

"다 똑같기는 적어도 정상적인 시체는 거름이라도 되는 법이다. 이렇게 지독한 독기는 처음이군."

[크르르르……]

사막을 질주하는 구릉의 주인 역시 그 냄새가 싫은 듯 옅은 신음 같은 포효를 뱉어냈다.

"꽤 오래 걸렸어."

"그래도 이 정도면 빠른 편입니다. 카르곤을 타고 갔으면 보름은 더 걸릴 테니까요."

"누가 그런 걸 타? 비공정이 있는데."

고든은 카릴의 말에 어깨를 들썩이면서 자랑스럽게 말했지만 오히려 밀리아나는 그런 그에게 핀잔을 줬다.

"나 참, 황자를 버린 것도 모자라서 다시 남부로 돌아간다는 걸 대놓고 황제가 알게 하려고? 교도 용병단도 그날로 끝이겠군."

"그전에 디곤과 붙을 테니까 걱정 말지?"

"누가 우리와? 제국이? 아니면 당신네 용병단? 원한다면 지금이라도 붙어줄 수 있어."

"하, 나 참……. 어린 녀석이……."

고든은 한마디도 지지 않는 밀리아나를 바라보며 어이가 없다는 듯 헛웃음을 지었다.

"저 둘……. 괜찮을까요?"

에이단이 걱정스러운 듯 카릴에게 물었다.

모르는 사람들이 본다면 꼭 둘이 당장에라도 싸울 것 같아 조마조마해 보였지만 카릴의 눈에는 묘하게도 두 사람이 아버지와 딸이 티격태격하는 것 같이 보였다.

"공략은 언제부터?"

"당장 들어가진 않을 거야. 모든 일엔 순서가 있는 법이니까. 망령의 성은 지금까지의 마굴과는 완전히 다르거든."

밀리아나의 물음에 카릴이 장벽을 가리키며 말했다.

"흐음……."

"그럼? 어떻게 할 건데?"

그녀의 물음에 카릴은 에이단을 바라봤다.

"에이단, 오랫동안 비워서 사람이 없던 집으로 돌아오면 가장 먼저 뭘 해야 하지?"

"음……."

그의 물음에 에이단은 살짝 고민을 하는 듯 생각하다가 조심스럽게 물었다.

"환기…… 를 시켜야죠?"

"맞아. 여기도 똑같아. 아니, 더 심하지. 천 년이 넘도록 사람의 발길이 끊어진 것도 모자라 망령과 시체가 장벽에 갇혀 쌓여 있던 땅이야. 이대로 그냥 들어간다면 숨을 쉬는 것만으로도 독을 먹는 것과 똑같겠지."

카릴은 손가락을 펼쳐 자신의 목을 긋는 시늉을 하면서 말했다.

"일단은 성 주위의 장벽의 땅부터 우리가 갈 수 있도록 정화시키는 게 중요해."

"마치 거대한 고독(蠱毒)…… 같네요."

에이단은 카릴의 말에 동방국의 독술 중 하나를 떠올리면서 살짝 어깨를 떨었다.

동방국 내에서도 말로만 전해지는 가장 지독하고 잔인한 고대 비술이었다. 각종 독을 가진 몬스터들을 한곳에 몰아넣고 특수한 약물을 써서 독성을 삭히고 삭혀 닿는 것만으로도 살이 문드러지고 숨을 쉴 수 없게 하는 극독.

"맞아. 이게 별거 아닌 것처럼 보이지만 시간이란 게 참 무섭거든. 쌓이고 쌓여 응축된 독은 오히려 흑마법이나 주술보다 더 강력한 힘을 발휘하기도 하지."

카릴은 고개를 끄덕였다.

그 독기가 쌓인 기간이 무려 천 년이다.

"본 적은 없나 봐? 녀석의 주특기 중 하나인데."

"네?"

"사이몬 코넨. 너희 동방국의 주인 말이야."

아무렇지 않게 그의 이름을 얘기하자 에이단은 놀란 듯 눈을 동그랗게 뜨고는 카릴을 바라봤다.

"주인을 아십니까?"

"뭐, 아직은 아는 건 아니고. 그냥 조금."

애매모호한 대답.

암연이라는 단체 자체도 비밀스러운 곳이니 동방국의 주인에 대한 존재는 당연히 극비 중 극비였다.

'두샬라에게 들은 건가······?'

그나마 가능성이 높은 것은 그녀였지만, 사실 암시장이라고 해서 동방국에 대한 정보가 많을 것 같진 않았다. 섬에 사는 사람들도 사이먼 코덴의 모습을 본 사람은 수뇌부 몇 명을 제외하곤 없을 정도였으니까.

'······정말 알 수가 없다니까.'

에이단은 그렇게 생각하며 낮게 웃었다.

이제 이 정도는 놀랄 일도 아닐지 모른다는 생각이 들었기 때문이다.

"맞는 말이야. 일단 들어가려면 문부터 활짝 열라는 말이지? 나도 고약한 악취를 맡으면서 들어가고 싶은 마음은 없으니까."

밀리아나는 카릴의 말에 고개를 끄덕이고는 말했다.

"그래."

삐그덕······ 저그덕······.

다그르륵······.

카릴은 장벽 뒤에서 자신들을 기다리고 있을 셀 수 없을 만큼 많은 언데드를 떠올리며 옅은 미소를 지었다.

"천 년 넘게 세워져 있던 저 장벽에 시원하게 무너뜨려야지."

"휘유, 엄청나군."

밀리아나는 눈 앞에 펼쳐진 거대한 장벽을 바라보며 낮게 중얼거렸다. 인간의 키에 수십 배는 될 것 같은 높이에다 양옆으로는 끝을 알 수 없는 길이. 오랜 세월만큼 장벽은 낡았어야 할 터인데 신기하게도 마치 새것처럼 깨끗했다.

그 모습이 장관이라 압도적인 위용이라는 말 말고는 설명할 길이 없을 것 같았다.

"도대체 누가 이런 걸 만들었을까요?"

퉁…… 퉁…… 투우웅…….

에이단이 마치 문을 두들기는 것처럼 가로막고 있는 장벽을 손가락으로 치자 묘한 울림이 들렸다.

"……"

단단한 벽이라고 생각했는데 신기하게 잔잔한 수면 위에 파문이 생기는 것처럼 벽돌들이 흔들리자 그는 놀란 눈으로 자신의 손을 황급히 돌렸다. 속이 텅 빈 것 같은 느낌이었다.

"잘 봐. 벽이 흔들리는 게 아니야. 장벽 위에 껍질처럼 마법이 걸려 있는 거지."

밀리아나는 그런 에이단을 보며 피식 웃고는 짐짓 아는 척, 그가 했던 것처럼 똑같이 손가락을 튕겨 벽을 두들겼다.

둥…… 둥…… 두웅……!!

에이단과는 다른 소리였다. 게다가 확실한 촉감이 있었다.

하지만 귀에 울리는 울림이 너무 현실적이지 않아서 오히려 그녀조차도 예상하지 못한 듯 놀란 표정으로 황급히 뒤로 물러섰다.

"전해지는 이야기로는 이 장벽은 인간이 만든 게 아니라고 하더군."

카릴이 그런 두 사람의 모습을 말했다.

"음……? 그럼?"

"드래곤이 만들었다."

고든이 그의 말을 이어받았다.

그는 한발 물러섰던 밀리아나를 바라봤다.

"그래도 디곤의 여왕이긴 한가 보군. 우리 같은 자들이 장벽에 다가가면 텅 빈 소리가 나지만 드래곤과 같은 용마력에게는 반응을 한다지?"

"아……."

그의 설명에 그제야 밀리아나는 이해가 된 듯 고개를 끄덕였다.

어쩐지 두 사람의 대화 중에 처음으로 다투지 않고 정상적으로 넘어간 대화가 아닐까 싶었다.

"이제 알겠냐. 그래서 카릴이 널 부른 거겠지. 이 장벽은 용마력이 있는 자만이 문을 열 수 있으니까."

고든의 말에 밀리아나가 살짝 고개를 돌리며 카릴을 바라봤다.

나름 그럴싸한 추측이었지만 애초에 자신보다 더 짙은 용마력을 가진 사람이 바로 카릴이었으니까.

이런 사실을 알 리 없는 고든이었기에 카릴은 옅은 미소를 짓고는 그녀에게 그냥 넘어가라는 투로 어깨를 으쓱했다.

"그럼 문은?"

밀리아나가 그에게 물었다. 그러자 고든은 그걸 왜 내게 묻느냐는 표정으로 오히려 그녀를 바라봤다.

"왼쪽."

그 순간, 조용히 지켜보고 있던 카릴이 나지막한 목소리로 말했다. 그러자 모두의 시선이 그에게 쏠렸다.

"그냥. 감이야. 왠지 그쪽 같아서. 밀리아나가 제대로 확인을 하겠지만. 안 그래?"

"아, 응. 으응."

눈치 빠른 밀리아나는 카릴의 말에 장벽에 손을 가져가서는 마치 길을 찾는 시늉을 했다.

"왼…… 쪽이야."

그러고는 떨떠름한 표정으로 카릴을 쓱 바라보고는 황급히 걸음을 걷기 시작했다.

"내 마력이 늘어난 거 맞긴 하지?"

발걸음을 떼면서 그녀는 카릴의 옆을 지나치며 작은 목소리로 그에게 귓속말을 했다.

그녀의 물음에 카릴은 피식 웃고 말았다.

"물론. 너도 느끼고 있을 텐데. 혈맥 1개가 더 뚫렸고 내 마력을 너에게 전해줬다. 단지 네가 지금 네 마력을 감당하지 못하고 있을 뿐이야.”

“끄응…….”

부정하진 않는다. 확실히 강해진 마력을 느끼고 있으니까.

하지만 워낙에 카릴의 용마력이 비교 불가한 존재였으니 소드 마스터에 근접하게 된 그녀였음에도 불구하고 차이를 느끼지 못했다.

어느새 카릴이란 존재 역시 다른 이들에게는 규격 외의 인간이 되어버린 것이다.

그러나 다른 의미에서 밀리아나는 카릴의 말에 어쩐지 막사에서의 그 날 밤이 떠올라 괜스레 옷매무새를 추슬렀다.

‘생각해 보니 지금 이 파티……. 엄청난 멤버로군.’

장벽을 따라 걷던 카릴은 문뜩 그런 생각이 들었다.

4명 중 소드 마스터급이 3명이었다. 게다가 에이단 역시 전생의 성장 속도를 생각하면, 나중에 소드 마스터에 근접한 실력을 가진 암살자로 성장했다.

이 정도면 가장 많은 기사를 보유하고 있는 제국에서도 찾아볼 수 없는 전력이었다.

‘어느새 이 정도가 되었군.’

카릴은 조금씩 조금씩 전생에는 이루지 못했던 대륙의 강자들과의 인연이 새롭게 생겨남을 느꼈다.

“내 얼굴에 뭐 묻기라도 했어?”

카릴의 시선을 느낀 밀리아나가 살짝 붉어진 얼굴로 그에게
물었다.

"아냐."

이어졌던 인연은 더욱 단단하게.

"못생긴 얼굴을 봐서 뭐해?"

연륜이 있는 고든은 어쩐지 밀리아나의 감정을 눈치챈 듯
놀렸다.

"뭐? 이 망할 늙은이가……."

처음 시작되는 인연은 새롭게.

카릴은 다시 한번 전생과 달라진 현세를 느꼈다.

쿠우우웅…….

미약한 떨림이 느껴졌다.

거대한 장벽 아래에서 카릴은 나지막한 목소리로 말했다.

"문에 도착했다."

▶**Chapter 5**◀

"여기서 기다려."

밀리아나가 마력을 집중시키며 장벽에 손을 가져가자 주위에 희뿌연 안개가 생겨나더니 빛의 문이 나타났다.

죽은 자들이 머무는 땅이라고 하기엔 어울리지 않게 화려한 마법은 확실히 용이 만든 것이라고 할 수 있을 정도였다.

[크르르르…….]

장벽으로 그들을 데려다준 샌드 서펀트는 카릴을 독기가 가득한 안쪽으로 가게 하는 것이 못내 걱정되는 듯 낮게 울었다.

그런 녀석의 커다란 뺨을 카릴이 쓱 만졌다.

"무슨 일이 생기면 절대로 이 안으로 들어오지 말고 구릉으로 돌아가라. 알겠지?"

[크륵…… 크르륵…….]

샌드 서펀트가 고개를 끄덕이자 다른 사람들은 신기한 듯 그를 바라봤다.

"준비됐습니다."

에이단이 장벽의 열린 문을 보며 카릴에게 말했다.

"그런데 수안을 기다리지 않아도 괜찮을까요?"

"우리가 들어가고 나면 수안 혼자서는 어차피 장벽을 넘지 못해. 그를 위해서라도 일단 장벽에 쳐져 있는 마법을 제거해야지."

"고약한 냄새도 좀 환기시키고요."

"그래."

카릴은 에이단의 말에 고개를 끄덕였다.

쩌그덕…… 쩌그덕…….

장벽 반대편에서 그들은 맞이하는 듯 들려오는 기괴한 소리가 있었다.

뼈가 맞물리며 갈리는 듯 소리. 죽은 사자들의 땅이라는 이름에 걸맞게 그들의 눈에 보이는 것은 수백 마리의 스켈레톤이었다.

"많기도 하군."

"이걸 뚫어야 한다, 라……."

에이단과 밀리아나가 그 모습에 질린다는 표정으로 중얼거렸다.

"흥."

하지만 문을 연 그녀의 뒤에 서 있던 고든은 쏟아질 듯 밀려오는 언데드들에도 아무런 감흥이 없다는 듯 콧방귀를 뀌고는 성큼성큼 안으로 들어갔다.

"지겨운 놈들."

그는 괜히 5대 소드 마스터라는 명성을 가진 것이 아니었다. 두 번의 삶을 산 카릴을 제외하고 이곳에서 가장 많은 마굴을 공략한 사람이었으니까.

언데드뿐만 아니라 실체가 없는 사령(死靈) 계열의 몬스터들까지 잡아 본 경험이 없을 리가 없었다.

퍼어억……!!

있는 힘껏 내지른 정권에 그의 앞에 있던 스켈레톤 한 마리의 머리통이 완전히 박살이 났다. 바닥에 쓰러진 녀석의 갈비뼈를 그대로 짓밟자 이쑤시개가 부러지듯 와장창 요란한 소리를 내며 뼈들이 사방으로 튀었다.

"근데 한 가지 궁금한 게 있는데."

"네?"

고든은 마치 산책하러 가는 것처럼 발걸음을 멈추지 않았다. 그의 주변엔 그를 막는 것이 아무것도 없는 것처럼 보였다.

퍽! 퍼벅! 퍽!!

하지만 보이지 않을 정도로 빠르게 주먹을 휘두르는 것이었고, 그의 공격에 허공에 가루를 뿌리는 것처럼 뼛조각들이 산산이 부서져 희뿌연 연기를 만들어냈다.

"……."

그런 그의 모습에 두 사람은 할 말을 잃은 표정이었다.

"고스트 캐슬에 내 약이 있다고 했잖아."

"그렇죠."

"그거……. 제대로 된 약이긴 하냐? 천 년이나 처박혀 있던 유물이면 오히려 먹다가 탈이라도 나는 거 아냐?"

파스슥-!!

고든은 잡고 있던 스켈레톤의 두개골을 부숴 버리면서 찝찝한 표정으로 물었다.

"또다시 시체라도 먹으라는 헛소리를 하면 네 녀석부터 이렇게 만들 거다."

그러자 카릴은 피식 웃으면서 말했다.

"에이…… 전에 드신 몬스터도 족히 수백 년은 살아온 녀석일걸요? 그런 놈도 달여 잡수신 분이 새삼스럽게. 약인데 뭐든 못 먹겠습니까."

"그게 이런 놈들하고 같냐."

[쿠오…… 옥…….]

카릴의 말에 고든은 인상을 찡그리며 옆에 있던 좀비의 머리를 잡아 덜렁덜렁 흔들며 말했다.

퍼억-!!

좀비의 머리가 터져 나가며 썩은 악취와 함께 오래돼서 점액질같이 끈적한 피가 주르륵 흘러나왔다.

"괴물……."

하지만 반대로 밀리아나와 에이단이 놀란 얼굴로 황급히 그를 바라봤다.

"미쳤네. 진짜. 몬스터를 먹었다고? 와, 우리 야만족도 몬스터의 가죽은 팔아도 먹진 않는데."

못 당하겠다는 듯 그녀는 고개를 절레절레 흔들면서 놀리듯 말했다.

"시끄럽다. 대륙 전쟁도 겪어보지 못한 꼬마 녀석이. 네 어미가 디곤을 지킬 때는 몬스터가 다 뭐야? 식량이 부족해서 그것도 없을 판이었는데."

"……."

"내가 어쩌다 이런 머리에 피도 안 마른 녀석들과 함께 와서는…… 쯧."

고든은 밀리아나는 보며 혀를 찼다.

"네 녀석은 네 어미가 고생고생해서 오아시스를 파놓은 걸 고맙게 여겨라."

"아 넵. 그런 고마운 걸 협박에 쓰려고 노리던 사람이 누구였더라."

"……."

쉴 새 없이 밀려드는 몬스터들 앞에서도 티격태격하는 두 사람의 대화는 끊이질 않았다.

그들의 모습에 카릴은 오히려 재밌다는 듯 피식 웃었다.

"고든, 너무 불만만 가지지 마십시오. 또 언제 이런 경험을 하겠어요? 오히려 평생 추억에 남을 일이 될 거니까."

"뭐? 추억은 무슨……. 잊고 싶은 기억이겠지."

퍼억-!!

고든은 또 한 마리의 스켈레톤의 머리를 부수면서 카릴을 바라봤다. 그의 등에 거대한 모우터가 매달려 있었지만 그걸 꺼낼 필요도 없다는 듯, 그는 마력도 쓰지 않은 채 오직 완력으로 몬스터를 말 그대로 부숴 버리고 있었다.

"앞으로 우리가 할 일은 여태껏 한 번도 일어나지 않았던 일이니까요."

카릴은 조금씩 가까워져 오는 망령의 성을 바라보며 말했다.

"당연한 거 아냐? 망령의 성을 공략하러 온 사람들은 우리가 처음인데."

밀리아나는 별소리를 다 한다는 표정으로 카릴에게 말했다.

"그렇지. 처음이지."

두 번의 삶 동안에도 말이다.

이건 카릴이 만들어낸 미래의 변화 같은 게 아니다. 그전에도 있었고 앞으로도 존재하지만 누구도 공략하지 못한 도전이었으니까.

'나는 단순히 고든의 약을 구하기 위해서 온 게 아니다.'

과거 알른 자비우스와 했던 이야기를 떠올렸다.

'비전의 샘을 통해 담금질을 하게 되면 5대 무구의 정령력이

강화되어 영혼까지도 담을 수 있다.'

처음에 그의 말을 철석같이 믿고 나락 바위를 찾았던 카릴
이었지만 오히려 알른은 비전력을 전수해 주고는 사라졌다.

'비록 알른의 영혼을 담지는 못했지만, 얼음 발톱의 담금질
은 완성되었다.'

폭염왕인 라미느의 영체를 담기에는 검이 가진 속성이 맞지 않
았다. 게다가 그의 정수인 아인 트리거가 이미 카릴의 몸 안에 박
혀 있으므로 얼음 발톱의 자리는 비어 있다고 해도 맞을 것이다.

'냉기(冷氣).'

그 검에 가장 잘 어울리는 영체야 두말할 것도 없이 5대 정
령왕 중 한 명인 해일의 여왕 에테랄일 것이다. 하지만 라미느
를 제외하고 나머지 정령왕의 존재를 찾을 수 없는 지금 얼음
발톱의 차가움과 가장 잘 어울리는 영체는 아무리 생각해도
이것뿐이었다.

망령(亡靈)의 왕. 리치(Lich), 자르카 호치.

죽음은 그 자체만으로도 이미 한기를 가지고 있으니까.

'내가 얻어야 할 마지막 군세.'

그 군세가 준비되는 순간 드디어 제국과의 전면전이 시작되
는 것이다.

"어휴, 근데 너무 먼데요? 이래서 어떻게 가죠? 진짜 비공정
으로 갔으면 편했긴 했겠어요."

끝없이 쏟아지는 언데드 공세에 조금씩 지쳐가는 듯 에이단이 중얼거렸다.

"고든, 이 위를 비공정으로 지나가 본 적이 있습니까?"

카릴이 그의 투덜거림에 담담하게 물었다.

"물론이지. 예전에 동방국을 가기 위해서 한번 지나간 적이 있다. 솔직히 그때도 꽤나 애를 먹었지."

동방국이란 이름이 나오자 에이단도 흥미가 동했는지 그를 바라봤다.

"왜요? 언데드들이 하늘도 나나요?"

"어."

농담이라고 생각하고 피식 웃으면서 말했지만 고든은 에이단의 물음에 고개를 끄덕였다.

"……네?"

"기다려 봐. 어차피 곧 나타날 거니까."

[크아아아아아-!!]

그 순간.

마치 고든의 말에 대답이라도 하는 것처럼 저 멀리서 괴상한 포효 소리가 들렸다.

카릴은 외침 속 마물의 주인공이 누구인지 알고 있다는 듯 나지막한 목소리로 녀석의 이름을 불렀다.

"본 드래곤(Bone Dragon)."

"보…… 본 드래곤?! 그건 S급 마물 이상이잖아요! 도감에도

SS급으로 나와 있는데……! 저런 게 어째서 대륙에 버젓이 살아 있는 거죠?"

저 멀리서 날아오는 거대한 마물을 바라보며 에이단이 소리쳤다. 망령의 성과 거의 비슷할 정도로 큰 본 드래곤은 살아 있는 드래곤이었다면 현존하는 그 어떤 드래곤보다도 더 큰 성체였을지 모른다.

"살아 있는 건 아니지. 죽은 놈이니까."

소리치는 에이단의 말을 아무렇지 않게 정정하는 고든을 보며 에이단은 지금 그게 중요한 게 아니잖냐는 눈빛을 보냈다.

"성수(聖水)가 있으면 좋겠지만……. 야만의 땅에 그런 게 있을 리가 없고. 흐음, 카릴. 네가 화속성을 쓸 수 있지?"

"네."

"밀리아나, 너도 카릴처럼 용마력을 지녔으니 화속성을 조금이나마 쓸 수 있을 테고."

고든이 두 사람을 가리켰다.

"언데드에게 효과가 있는 건 불이니까. 내 토(土)속성 마력과는 맞지 않으니 내가 방패가 되어주마. 공격은 둘에게 맡기지."

고든의 말에 살짝 놀란 듯 그녀가 그를 바라봤다.

"뭘 그렇게 놀라지? 용마력이 모든 속성을 쓸 수 있으며 반대로 순수한 마력의 마나 블레이드를 만들 수 있다는 건 나 정도 살아온 사람은 다 아는 일이다."

"아니, 그게 아니라……."

하지만 밀리아나가 놀란 것은 다른 이유였다.

카릴의 마력을 알고서도 아무렇지 않게 말을 할 수 있는 그의 태연함 때문이었다.

'몰랐던 게 아니었어?'

밀리아나가 놀란 것만큼 카릴 역시 마찬가지였다.

'역시…… . 교도 용병단의 단장인가. 용마력에 대한 경험이 있었나 보군. 이럴 거면 차라리 비전력을 쓸 걸 그랬나.'

카릴은 고든을 바라봤다.

"녀석의 검기를 보고 나서 단번에 알았지. 솔직히 처음에는 디곤의 후예인가 했는데…… . 오히려 여왕보다 마력이 더 강하더군."

"그래서…… ."

뭐라고 설명을 해야 할지 몰라 당혹스러워하는 밀리아나의 말을 끊으며 고든이 말했다.

"됐다. 세상에 사연 없는 사람이 어디 있나. 용마력이 아예 존재하지 않는 힘도 아니고. 안 그래?"

그는 카릴을 바라봤다.

고든 파비안을 평가할 때 언제나 붙는 규격 외라는 것은 어쩌면 이런 대범함에도 통용되는 것일지 모른다.

"그 검기에 이름이 있나?"

"오러 블레이드(Aura Blade)."

"괜찮은 이름이군. 하지만 보완해야 할 것들이 많더라. 순마력으로 만든 검기는 강하지만 날카로움이 부족해."

고든은 카릴의 검기를 정확히 꿰뚫어 보았다.

카릴은 그런 그의 말에 옅은 웃음을 지었다.

자신도 잘 알고 있었기 때문이다. 그렇기 때문에 비전력을 담은 아케인 블레이드를 완성한 것이었다.

'그 앞에서 비전력을 보였으면 오히려 귀찮을 뻔했군.'

카릴은 쓴웃음을 지었다. 그건 더 이상 세상에 존재하지 않는, 유일무이하게 카릴만이 가지고 있는 힘이었으니까.

만약 카릴이 고든과의 일전에서 아케인 블레이드를 사용했었더라면 그는 지금보다 훨씬 더 관심을 가졌을지 모른다.

"그런데 신기하게 화속성의 소드 마스터라고 해도 과언이 아닐 정도로 네가 썼던 화염이 맹렬하던데. 그 정도로 강렬한 불꽃은 크웰 녀석 이후로 처음이었다."

고든 파비안이라 하더라도 정령력까지 감지할 수는 없었다. 애초에 정령력이라는 것 자체가 지금 시대에서 희박한 힘이었으니까.

카릴에게 폭염왕의 힘이 깃들어 있다는 것까지는 예상하지 못했기에 단지 그는 속성의 마법을 뛰어나게 쓸 수 있는 것이라고만 여겼다.

"이왕이면 화염으로 눈속임을 하는 게 좋을 게다. 나야 신경도 안 쓰지만, 나머지 녀석들은 별의별 소리를 다 할 테니까."

"명심하죠."

카릴은 그의 말에 쓴웃음을 지으며 대답했다.

"용마력을 가진 소드 마스터라……. 지금 네가 몇 살이지?"

"14살입니다."

"3년 뒤가 궁금해지는데. 그때가 되면 육체까지 완벽하게 완성될 테니까."

고든의 말에 살짝 인상을 찡그리며 밀리아나가 카릴에게 물었다.

"당신, 성인이 되려면 3년이나 남았어?"

"어. 왜?"

"아니…… 아무것도."

그녀는 뭔가를 세어보는 듯 손가락을 펼쳤다가 접었다 하면 낮은 한숨을 내쉬었다.

'마스터의 마력이 용마력이라고……? 어쩐지……. 인간 같지 않은 강함이 다 그 때문이었군. 이거, 두샬라의 말대로 진짜 드래곤 아냐?'

에이단 역시 카릴을 바라봤다. 일행 중에 단 한 사람만은 엉뚱한 고민으로 머릿속이 복잡해지고 있었다.

[크르르르르르르-!!]

멀리서 울렸던 드래곤의 울음소리가 점차 가까워지는 것을 느꼈다.

고든은 주위의 언데드들을 쓸어버리고는 말했다.

콰아아앙……!!

그가 발로 원을 그리듯 바닥을 쓸어버리자 파편들이 사방으로 튀어 나가며 깨끗한 공터가 생겨났다.

"우리가 금역에 와서 너무 긴장감 없이 떠들었나 보군. 다들 이제 집중해야겠어."

쿵……!

고든은 메고 있던 모우터를 꺼내어 들었다. 말은 그렇게 하지만 어쩐지 그의 표정은 처음과 다르지 않고 여유 있어 보였다.

"저 녀석입니까. 장벽의 관리자가. 망령의 성에도 도착하지 않았는데 이런 곳에서 시간을 끌 순 없죠."

그리고 그건 카릴 역시 마찬가지였다.

서로 검을 섞어 본 사이였기 때문에 굳이 말을 하지 않아도 이미 머릿속에 전략이 완성된 듯싶었다.

"본 드래곤을 사냥해 본 적 있나?"

"그건 아니지만 비슷한 녀석을 잡아본 적은 있습니다."

신탁이 내려지고 파렐(Pharel)이 대륙에 세워지고 그 안에서 쏟아진 타락 중에 용의 형태를 가진 녀석들도 있었다. 타락과 언데드는 분명 다르지만 어둠과 죽음이라는 속성에서만큼은 유사한 점이 있었다.

'게다가 실체를 잡기 어려운 타락에 비해 뼈가 있는 녀석들은 더 쉬운 상대지.'

"그래? 어린 녀석이 별걸 다 해봤군."

고든은 상관없다는 듯 굳이 자세히 묻지도 않았다. 대신 밀리아나와 에이단을 향해 말했다.

"머리다. 머리를 부수기 전까지 녀석은 무한히 재생한다. 알 겠지?"

"네!"

에이단이 긴장된 목소리로 소리쳤고 밀리아나는 천천히 자신의 세검을 뽑으며 머리를 끄덕였다.

쿠우우우웅……!!

거대한 날갯짓을 하며 날아온 본 드래곤이 일행들 앞에 내려앉으며 거대한 아가리를 벌렸다. 입안으로 속이 훤히 보였다. 녀석의 두개골 안쪽에 녹색의 빛무리가 응축되어 두 눈의 구멍으로 연기가 흘러나오고 있었다. 크기는 족히 100m는 될 것 같은 엄청난 높이로 녀석이 카릴을 내려다보고 있었다.

취익……! 취이익……!

녀석이 숨을 토해낼 때마다 심한 악취와 함께 독성이 가득한 연기가 뿜어져 나왔다.

"어이, 꼬마. 쫄지 마라."

본 드래곤의 엄청난 위용의 굳어버린 에이단을 보며 고든이 그의 어깨를 툭 치고는 말했다.

"기껏해야 성에도 들어가지 못한 조무래기일 뿐이야. 양들 사이에서 우두머리라고 해봐야 결국 양에 불과하지."

"……그럼 성엔 도대체 어떤 괴물들이 있는 거죠?"

"모르지. 저 녀석보다 더 강한 놈들이겠지."

고든이 눈앞의 마물을 바라보며 심드렁한 얼굴로 말하자 에이단은 고개를 저었다.

"전혀 위로가 안 되네요."

그런 그의 말에 고든은 피식 웃고는 손바닥을 한 번 쓰윽 문지르고는 바닥에 둔 모우터를 양손으로 잡았다.

파앗……!!

에이단의 눈이 동그랗게 커졌다.

커다란 덩치에 그가 다리에 마력을 집중시키자 믿을 수 없는 빠르기로 튀어나갔기 때문이었다.

'뭐야……?! 축보(縮步)를 써도 저 정도는 안 될 것 같은데…….'

암연에서 습득한 속도 위주의 보법인 축보는 에이단이 자신 있어 하는 기술 중 하나였다. 하지만 그렇기 때문에 더욱 그는 다시 한번 고든과 자신의 실력 차를 실감했다.

"후웁……!"

고든 파비안이 숨을 들이마시며 모우터를 있는 힘껏 뒤로 젖혔다. 허리가 꺾이면서 배틀 해머가 굉음을 터뜨리며 횡으로 그어졌다.

미처 반응하지 못한 본 드래곤이 날아오르려고 날개를 펼쳤지만, 그보다 더 빠르게 그의 망치가 녀석의 다리를 후려쳤다.

콰아아아앙-!!

거대한 본 드래곤의 왼쪽 다리가 그대로 으스러지면서 부서졌다.

에이단의 발치에 거대한 뼈들이 나뒹굴며 떨어졌다.

"봤지?"

한쪽 다리가 부서지며 균형을 잃은 본 드래곤이 날개를 허우적거리며 쓰러졌다.

고든은 아무렇지 않게 녀석을 가리키며 에이단에게 말했다.

"그래, 놀랄 일도 아냐. 에이단. 솔직히 이 세계에 본 드래곤보다 더 대단한 괴물들은 많잖아. 진짜 살아 있는 드래곤이라든지……."

카릴의 목소리가 들렸다.

"……!!"

바로 조금 전까지만 하더라도 자신의 옆에 있던 카릴이 본 드래곤의 머리 위에 올라가 그를 내려다보며 말하고 있었기 때문이다.

화르륵……!!

카릴이 화염이 솟구치는 아그넬로 고든 파비안을 가리켰다.

"저 남자라든지."

"흥."

그의 말에 피식 웃었다.

하지만 당당히 본 드래곤의 머리 위에 서 있는 카릴을 보며.

'마스터가 더 괴물 같다고요!'

에이단은 당장에라도 그렇게 외치고 싶었다.

[크아아아아아……!!]

본 드래곤의 포효와 함께 카릴의 검이 녀석의 머리를 찍어

누르듯 내려쳤다.

콰앙!!

하지만 다른 언데드들과 달리 본 드래곤이 몸을 비틀며 아슬아슬하게 그의 검이 자신의 머리를 부수는 것을 피했다.

아그넬이 어깨 쪽에 박히자 녀석의 뼈 안쪽 몸을 구성하는 녹색의 불꽃이 화염과 뒤엉키며 타는 듯한 고약한 냄새가 진동했다.

[칵!! 카아악!!]

고통에 찬 외침과 함께 녀석이 날개를 활짝 펴자 뼈밖에 없는 날개 사이로 강렬한 바람이 일었다.

"큭?!"

카릴의 몸이 순간 붕 떠올랐다.

그와 동시에 부서졌던 다리가 재생되더니 순식간에 본 드래곤이 상공으로 날아올랐다.

"쯧, 물러."

그 모습을 보며 고든 파비안이 혀를 차며 카릴을 향해 말했다.

본 드래곤의 날갯짓에 바닥에 떨어진 카릴이 흙먼지로 더러워진 옷을 털어 냈다.

"일부러 그런 건데요."

"뭐?"

카릴이 상공에 있는 본 드래곤을 가리켰다.

놀랍게도 그의 등에 타고 있는 밀리아나가 녀석의 어깨에 박혀 있는 아그넬을 발판 삼아 두 자루의 세검을 있는 힘껏 녀석의 목덜미에 박아 넣고 있었다.

콰가가각……!!

콰각……!

밀리아나의 세검에서 뿜어져 나오는 불꽃이 본 드래곤은 두개골 안으로 파고들자 녹색 안광을 내뿜던 녀석의 눈이 붉게 변했다.

[크륵…… 크르륵……!!]

날카로웠던 포효는 신음 같은 소리로 변했고 제대로 된 공격도 한 번 못 해본 녀석은 고통에 찬 듯 상공에서 몸부림을 치기 시작했다.

"밀리아나는 뛰어난 전사입니다."

"녀석……."

고든은 카릴이 밀리아나의 전투를 자신에게 보여주기 위해서 일부러 피했다는 것을 깨달았다.

"저걸로 되겠냐. 망령의 성에 살고 있는 리치 정도는 잡아야 좀 쓸 만하다고 할 수 있지."

[크아아아아……!!]

본 드래곤이 밀리아나를 떨구기 위해 몸부림치며 포효를 지르며 아가리를 벌리자 독성이 담긴 차가운 냉기의 브레스가 사방으로 뿌려졌다.

"저 봐."

브레스가 닿은 곳곳마다 새하얗게 얼어붙었다. 브레스를 피해 뒤로 물러서며 고든은 들고 있던 모우터를 있는 힘껏 휘둘렀다.

부우우웅……!!

마치 부메랑이 날아가는 것처럼 모우터가 빙글빙글 회전하면서 위로 솟구쳐 본 드래곤의 머리에 정통으로 박혔다.

퍼억!!

둔탁한 소리와 함께 본 드래곤의 머리가 휘청거리며 절반가량이 부서졌다.

"어이, 빨리 마무리해라."

머리 안쪽에 영체(靈體)를 향해 밀리아나가 있는 힘껏 용마력을 끌어 올려 검을 찔러 넣었다.

카릴은 그런 고든을 바라보며 피식 웃었다.

쿠우우웅……!! 쿠궁……!!

거대한 본 드래곤이 더 이상 형체를 유지하지 못하고 바닥으로 떨어지자 그 충격으로 육중했던 몸이 부서지며 사방으로 뼈들이 튕겨 나갔다.

"후우……."

먼지바람 사이로 밀리아나의 모습이 보였다. 그녀는 혈맥이 뚫리고 난 뒤 처음으로 제대로 마력을 쓰는 듯 살짝 피로한 모습이었다.

"우아……. 이 정도면 진짜 드래곤도 잡겠는데요?"

에이단은 자신의 앞에 쏟아진 부서진 본 드래곤의 잔해를 발로 치우면서 넋이 나간 얼굴로 말했다.

"그래? 그럼 말 나온 김에 잡을까."

"……네?"

카릴이 그의 말에 피식 웃었다.

"밀리아나 근처에 레어가 하나 있지 않아?"

"있지."

그의 물음에 그녀는 나지막하게 대답했다.

"백금룡(白金龍)의 레어."

"백금룡이요……?! 지금 진짜 드래곤 사냥을 하겠단 말씀이세요?"

에이단은 본 드래곤이 나타났던 것보다 더 놀란 표정으로 카릴에게 말했다.

"농담이야."

그런 그의 모습이 재밌다는 듯 카릴이 웃으면서 어깨를 두들겼다.

"겁먹기는. 망령의 성까지 와서 여기 일도 아직 안 끝났는데 갑자기 백금룡을 잡으러 갈 리가 없잖아."

"아……."

밀리아나의 핀잔에 에이단은 얼굴이 화끈거리는 기분이었다.

"그래도 안 갈 건 아니야."

"네?"

"단지 우선순위에서 조금 뒤로 밀려났을 뿐이지. 드래곤의 레어는 준비를 많이 해야 하거든."

카릴의 말에 에이단은 조금 전 놀림을 받았다는 생각보다 정말로 용을 사냥할지도 모른다는 생각을 한 자신이 우습게 느껴졌다.

용 사냥. 평생을 바쳐도 어려운 위업을 이들과 함께라면 너무나 당연히 할 수 있을 것 같았기 때문이다.

"어때? 암연에 있을 때보다 재밌지?"

"네?"

"나중에 주크 디 홀드를 만나게 되면 얘기해 줘. 네가 어떤 일들을 경험하고 있는지 말이야."

카릴의 말에 에이단은 고개를 저었다.

"이미 지금도 해주고 싶은 말은 차고 넘칩니다."

"아니. 앞으로가 더 대단할 거야."

대수롭지 않게 내뱉는 그 한마디가 그에겐 몸이 떨리게 만들 정도로 전율이 느껴지는 기분이었다.

'제길⋯⋯.'

하지만 마냥 즐겁기만 한 것은 아니었다. 다시 한번 잊고 있었던 기분이 떠올랐기 때문이다.

동방국의 암연에서 나름 실력을 인정받아 임무를 위해 온 그였다. 그러나 강자들 사이에서 한없이 작아지는 기분이 들었다.

'강해지고 싶다.'

자신이 따르는 카릴의 강함을 동경하고 있기에 즐거운 것은 사실이지만 그렇다고 마냥 동경으로 끝나고 싶은 마음은 없었다. 본 드래곤을 잡을 때도 자신이 한 일은 아무것도 없었기 때문이었다.

하지만 그의 성장이 결코 더딘 것이 아니었다. 전생에서도 제국 7강이라 불릴 정도로 뛰어난 재능을 가진 사람이었으니까. 단지 지금 그의 주변에 있는 사람들이 단순히 뛰어나다는 것으로 표현할 수 있는 자들이 아니었기 때문이다.

'그걸 익힐 수 있다면……'

에이단은 사람들 모르게 살짝 입술을 깨물었다. 그의 머릿속에서 이런 괴물들 사이에서 자신이 따라잡을 수 있을 방법은 딱 하나뿐이라 생각했다.

암연의 전승자에게 주어지는 비술. 초후술(超吼術).

암연의 기술 중에 마력변형은 일순간 마력의 단위를 높여 상위의 마법을 쓸 수 있게 만들어준다. 그러나 초후술은 각성(覺醒)이라는 특수한 형태로 마력뿐만 아니라 신체의 능력까지 증가시켜 일순간 위력을 배가시킨다.

초후술은 모두 3단계로 단계마다 전승 비법도 달라서 오직 동방국의 주인만이 최종 단계인 3단계까지 익힐 수 있으며 암연의 전승자는 그 밑인 2단계의 비술을 배울 수 있었다.

다만 단점은 유효 시간. 단계가 높을수록 강력한 힘을 일시적으로 낼 수는 있지만 그 뒤에 오는 여파가 강해 쉽사리 쓸 수 있는 기술은 아니었다. 하지만 풍문에 의하면 1단계만 되더라도 소드 마스터에 필적한 힘을 낼 수 있다고 하니 일격필살이 중요한 에이단에게는 가장 적합한 기술이 아닐 수 없었다. 어쩌면 암연의 출신자들이 모두 암살계인 것도 모두 초후술의 계승을 위한 것일지 모른다.

'하지만 이제 나와는 연이 없겠지.'

에이단은 쓴웃음을 지었다. 이미 동방국을 버리고 카릴을 택한 그였으니 암연의 전승 비술은 고사하고 그들의 타깃이 되지 않는 것만으로도 다행이라고 생각해야 할 상황이었으니까.

"뭐, 백금룡의 레어도 언젠가 가긴 가야겠지만……. 여기라면 레어 말고 들려야 할 곳이 있지 않나? 고든, 여기서 비공정으로 동방국까지 얼마나 걸리셨습니까?"

카릴에게서 동방국이란 말이 나오자 에이단은 자신도 모르게 움찔했다.

"흐음. 뭐, 한 삼 일?"

"배로 가면요?"

"일단 배를 타기 위해서는 장벽을 돌아서 가야 했으니 족히 2주는 넘게 걸리겠지. 하지만 여길 뚫는다면 바로 남부의 끝까지 나흘이면 갈 수 있다. 거기서 배를 타고 이동하면 일주일 정도 걸릴 테니 다 따진다면 못해도 열흘 정도는 잡아야겠지?"

"으흠, 그럼 대충 일주일 잡으면 되겠네요."

"너 내 설명 제대로 듣긴 한 거냐?"

고든이 카릴의 말에 살짝 인상을 찡그리며 물었다.

"일주일이 걸리는 항로라면 저희를 마중 올 배는 삼일이면 충분할 거니까요."

"뭔가 또 꾸미는 게 있구나. 네 녀석."

자신만만한 카릴의 표정에 고든은 질릴 수가 없다는 표정으로 흥미롭게 그를 바라봤다.

"그런데 그건 왜?"

"별거 아닙니다."

고든의 물음에 카릴은 말을 아끼면서 대신 에이단의 어깨를 가볍게 툭 한 번 치고는 걸음을 옮겼다.

마치, 조금 전 그의 생각을 알고 있다는 듯한 그의 모습에 에이단은 자신도 모르게 허탈한 웃음을 짓고 말았다.

"일단은 이곳부터 해결해야죠. 남부의 끝으로 가는 배를 타기 위해서도 이곳의 장벽을 부숴야 할 테니까요."

"그래, 서둘러야 할 거다. 본 드래곤이 죽은 걸 알면 분명 성에서 몬스터들이 나타날 테니까."

"그걸 잘 알면서 두 사람은 잡담이나 하고 있는 거야? 하여간⋯⋯."

카릴과 고든을 핀잔주면서 밀리아나는 부서진 뼈들 사이를 뒤적이다가 일어섰다.

"본 드래곤의 심장에서 이런 게 나왔어."

제법 무게가 나가는 듯 그녀가 양손으로 뭔가를 들고나와 일행에게 보였다.

이미 사체이기 때문에 제대로 된 심장이 있는 것은 아니었지만, 그 대신 육체를 움직이는 사령술의 매개체인 녹색의 연기가 본 드래곤이 죽고 나자 마치 끈적끈적한 액체처럼 변해 바닥에 흘러나왔다.

본 드래곤의 시체에서 나온 것은 특이하게도 낡은 상자였다.

상자에 묻어 있는 녹색의 점액질이 그녀의 팔을 타고 바닥으로 뚝뚝 떨어졌다.

"으흠, 이게……."

"글쎄요? 혹시 장벽에 쳐져 있는 봉인 마법을 풀 수 있는 열쇠가 들어 있는 게 아닐까요."

"그러면 좋지. 이리 줘봐."

밀리아나에게서 상자를 받은 고든이 자물쇠가 잠겨 있는 부분을 양손으로 벌렸다.

크득…… 크드드득…….

쇠가 비틀리는 소리가 들렸다. 그의 두꺼운 양팔에 힘줄이 도드라졌다.

"후웁……!"

하지만 놀랍게도 고든이 열려고 안간힘을 썼지만 단단하게 잠겨 있는 상자는 꿈쩍도 하지 않았다. 결국 고든은 포기하고 바닥에 상자를 던지며 숨을 토해냈다.

"뭐야? 이거."

설사 아무리 단단한 봉인 마법이라 하더라도 지금까지 아예 마법 자체를 힘으로 부숴 버렸던 그였다.

고든은 어이가 없다는 듯 상자를 바라봤다.

"마도 시대에도 존재하던 곳이야. 어쩌면 인간의 마법이 아닐지 모르지. 본 드래곤도 결국 생전에는 드래곤이었으니까. 내가 해보지."

밀리아나가 자신의 마력을 집중하려 상자 안으로 흘려보냈다.

파악--!!

하지만 그 순간 강렬한 스파크와 함께 그녀의 손이 튕겨 나가며 시커먼 연기가 상자 위로 솟구쳐 올랐다.

"큭?!"

오히려 용마력에 반발을 하는 듯 상자의 잠금쇠가 부르르 떨리더니 멈췄다.

시큰거리는 통증에 밀리아나는 살짝 인상을 찡그렸다.

"괜찮아?"

"별거 아냐. 그런데 마력을 튕겨 내는 금속이 있던가? 이런 건 처음 보는데."

밀리아나는 이리저리 상자를 살펴봤지만 이렇다 할 마법진을 찾지 못했다.

"이거……."

그들을 지켜보던 에이단이 한 발 가까이 다가와서는 그녀가 들고 있는 상자를 유심히 바라봤다.

"뭐 아는 거라도 있어?"

"완전히 똑같은 건 아니지만 암연의 봉인쇄(封印鎖)하고 비슷하게 생겼는데요? 왜 비술이 걸린 상자가 여기에 있는 건지는 모르겠지만……."

"봉인쇄? 그게 뭔데?"

밀리아나의 물음에 에이단은 상자를 들어 살피면서 말했다.

"아마 대륙인들은 잘 모를 겁니다. 역로(逆擄)라는 동방국에서만 나오는 특수한 식물을 암실에서 오랫동안 삭히면 단단하게 굳습니다. 그걸 동방국의 주인에게만 내려오는 특수한 비술로 주조하게 되면 마력으로도 힘으로도 열 수 없는 특수한 봉인쇄가 만들어집니다."

그의 설명에 카릴이 고개를 끄덕였다.

"흐음……. 청린과 비슷하군. 청린도 주조를 하면 광물처럼 단단해지지만 사실 광물이 아니라 비전의 샘에서 나는 이끼니까."

"엑……! 청린이 이끼라고?"

밀리아나는 깜짝 놀라며 카릴에게 되물었다.

"응. 그건 나중에 알려줄 일이니 지금은 넘어가."

카릴에 말에 그녀는 살짝 입술을 삐쭉 내밀었다.

"흐음, 고스트 캐슬과 동방국이 완전히 연관이 없는 것도 아니겠군. 애초에 대륙의 흑마술이 동방국의 비술을 기반으로 해서 만들어진 것일지 모른다는 얘기도 있으니까."

고든이 단단하게 잠긴 상자를 신기한 듯 바라보며 말했다.

"망령의 성 자체가 흑마술의 집합체라고도 할 수 있으니."

"그러네요. 불멸회가 들으면 펄쩍 뛸 일이지만요. 하지만 그들의 마법서가 보관되어 있는 안티홈 대도서관에도 500년 이전의 역사에 대한 것은 남아 있지 않으니까요. 정말 그 이전의 마법이 동방국의 비술과 연관되어 있을지도 모르죠."

"잘 아네? 너 거기에도 가봤나?"

고든의 말에 카릴은 가볍게 고개를 저으며 말했다.

"가본 건 아닙니다. 단지 흑마법사 중 한 명을 알고 있어서 그에게 들었을 뿐입니다."

"흐음, 별의별 사람들을 다 알고 있구나. 불멸회 녀석들은 같은 소속의 마법사가 아니면 눈길도 주지 않는데 말이야."

카릴은 고든의 말을 잘 알고 있다는 듯 고개를 끄덕였다.

물론, 그 알고 있는 흑마법사가 아직은 만난 적도 없고 그저 전생의 인연이라는 것까지 말할 필요 없는 일이었지만 말이다.

"그래서 이걸 네가 이걸 풀 수 있겠느냐?"

고든이 에이단에게 상자를 건넸다.

"해보겠습니다. 다행히 이건 지금의 동방국에서 만들어지는 봉인쇄에 비하면 조잡하거든요."

"허……."

자신의 힘으로도 부술 수 없었던 자물쇠가 조잡하다는 이야기에 고든 파비안은 동방국의 기이한 문물에 대해 호기심이 일었다.

"잠시만요."

에이단은 품 안에서 그가 항상 쓰는 작은 단검을 꺼냈다.

탈칵-

단검의 손잡이를 비틀자 놀랍게도 손잡이 부분이 빠지면서 그 안에서 또 하나의 작은 바늘 같은 것이 5개가 들어 있었다.

그가 그것들을 입에 물고는 다시 단검을 조립하고는 다시 또 한 자루의 단검을 꺼내어 두 개의 날을 포개자 자석처럼 붙으면서 이중 날이 되었다.

"허……."

고든은 그 모습에 자신도 모르게 신기한 듯 탄성을 자아냈다. 오랜 시간 용병의 삶을 살았던 그였지만 그도 동방국에 대해서는 잘 알지 못했다. 그만큼 대륙에서 가장 베일에 싸인 나라였다.

달그락…… 달그락…….

에이단이 상자의 입구에 다섯 개의 바늘을 하나씩 집어넣기 시작했다.

파르르르……!

바늘을 상자의 자물쇠에 집어넣자 마치 살아 있는 것처럼 바늘의 끝이 떨렸다. 신기하게도 이미 마나 블레이드가 바늘에 주입된 것처럼 각각의 바늘은 에이단이 마력을 쓰지 않았음에도 옅은 마력이 느껴졌다.

"이 바늘은 암연의 1급 살수에게만 주어지는 것입니다. 담겨 있는 마력 자체는 별것 없지만 그 마력 안에 담긴 비술이 중요하죠."

"그게 뭔데?"

밀리아나가 그에게 물었다.

"독입니다. 사람은 단번에 죽일 수 있는."

"……."

비록 끝부분이라 하더라도 그런 극독이 묻은 바늘을 아무렇지 않게 입에 물고 있던 에이단의 모습을 떠올리며 밀리아나는 할 말을 잃은 듯 바라봤다.

"너도 보통내기는 아니군."

"그런데 딱히 암살에 쓰진 않습니다."

"왜?"

"바늘을 쓰는 것보다 직접 하는 게 확실하니까요."

"……그렇군."

묘하게 설득력 있는 듯 밀리아나는 자신의 목을 쓱 한번 만지면서 고개를 끄덕였다.

"대신 주로 봉인쇄를 푸는 데 쓰입니다. 동방국에서 밀서를 보낼 때도 봉인쇄를 이용하거든요."

카륵…… 카르륵…….

"이 독이 봉인쇄를 만들 때 쓰이는 역로가 굳어 있던 것을 단숨에 녹여 버리기 때문입니다. 보통은 한두 개면 되는데……. 이건 시간이 오래돼서 바늘을 다 쓰게 되었지만요."

바늘이 박힌 부분이 타들어 가는 것처럼 부글부글 끓더니 자물쇠가 흐물거리기 시작했다.

"그리고 이렇게 된 봉인쇄를 마지막으로……."

에이단은 조금 전 포개었던 이중 날의 단검을 상자의 자물쇠 끝에 밀어 넣고는 비틀었다.

빠직-!!

둔탁한 소리와 함께 봉인쇄의 끈이 끊어졌다.

"대단한걸."

"허허, 이건 마력과 독술이 합쳐진 거라고 해야 하나?"

"좀 다릅니다. 단순히 그 둘만 놓고 본다면 불멸회의 저주술과 크게 다를 바 없으니까요."

비록 암연을 버리고 나오긴 했지만 에이단은 자부심이 담긴 목소리로 고든에게 말했다.

"그래, 비술이라는 거……. 정말 신기하군. 동방국의 기술도 무시 못 하겠는데."

"역시 널 데려온 게 역시 잘한 일이야. 안 그랬으면 생각지 못한 곳에서 시간을 빼앗길 뻔했는데 말이야."

"하하, 별말씀을."

규격 외의 인물이라 생각했던 고든과 카릴의 칭찬에 에이단은 쑥스러운 듯 코를 쓱 훑으며 말했다.

전투에서 활약을 하지 못해 못내 아쉬웠던 그였기에 자신만이 할 수 있는 일로 도움이 되었다는 것에 조금은 유치하지만 뿌듯한 기분이었다.

"좋아. 본 드래곤의 몸 안에도 모자라 이런 괴상한 봉인을 해 놓은 상자에 꼭꼭 숨겨 놓은 것이 무엇인지 한 번 볼까?"

탈칵-

상자의 뚜껑이 열렸다. 모두의 시선이 그 안으로 쏠렸다.

"……에?"

그 순간 밀리아나의 탄성처럼 상자 안을 바라본 사람들의 표정이 일제히 굳어졌다.

"어떻게 되었어요?"

"……."

레디오스와의 밀담이 끝난 뒤, 그를 보낸 뒤 돌아온 캄마를 보며 칼 맥이 궁금한 듯 물었다.

"……."

하지만 오두방정을 떨며 부산스럽게 이번 일에 대해서 떠들 거라는 예상과 달리 심각한 얼굴로 고민에 빠진 캄마를 보자 그는 더욱더 궁금해하지 않을 수 없었다.

'왜 저러시지? 원래라면 막 내 이름을 부르면서 난리를 치셨을 분이…….'

"칼."

그때였다. 캄마가 그를 불렀다.

"네? 말씀하세요."

"너 미하일이 있는 곳을 알고 있다고 했지?"

그의 물음에 칼이 고개를 끄덕였다.

"네. 수안 님이 알려주셨어요. 혹시 일이 생기면 그쪽으로 가라고……. 그런데 웬만하면 기다리라고 했었는데요?"

"지금이다. 웬만한 일이 아니니 우리가 움직여도 돼. 당장 거기로 가야겠어. 아무래도 더 이상 이곳에 있어서는 안 될 것 같거든."

"무슨 일인데요?"

"전쟁이 터질 거야."

캄마의 말에 칼은 역시나 하는 표정으로 피식 웃으면서 말했다.

"에이, 또 그 얘기에요? 그거야 지금 창문만 열어봐도 다 알겠네요. 밖에 보셨잖아요? 지금 프란의 군함이 모두 집결되어 있다고 노래를 부르던 게 캄마 님이시잖아요."

"이 녀석아. 그게 아니다. 반대라고. 지금 틀리 루레인이 먼저 움직였다."

"……네?"

"다들 코브에 집결한 프란의 병력이 화이트 벙커를 치기 위해 북상할 거라고 생각했지? 그런데 틀리가 역으로 지금 프란을 치기 위해 내려온다는 말이야."

확실히 예상 못 한 일이다.

하지만 칼은 그의 말에 이해가 가지 않는다는 듯 말했다.

"말도 안 돼요. 화이트 벙커야말로 천혜의 요새잖아요. 거길 버리고 굳이 위험하게 코브까지 내려오는 이유가 뭐죠?"

그의 물음에 캄마는 주위를 쓱 한번 훑었다. 그러고는 가까이 오라는 듯 손가락을 까닥거리자 칼이 귀를 갖다 댔다.

'5공작 락히엘이 배신했다.'

"……!!"

그의 말에 칼 맥은 자신도 모르게 창밖을 바라봤다. 코브에 정박하고 있는 강철 함대 뒤에는 바로 5공작 락히엘의 은익(銀翼) 함대가 배치되어 있었기 때문이었다.

"설마……."

"전쟁이 시작되면 코브는 안팎으로 난리가 날 거다. 자칫 잘못하면 전쟁이 시작도 되기 전에 강철 함대가 불바다가 되는 걸 보게 될지도 모르지."

칼은 공국의 자랑이라고 할 수 있는 프란의 함대가 화염에 휩싸인 모습이 쉽사리 상상이 가지 않았다.

"그럼 레디오스가 우리를 찾아온 이유는 뭐예요? 우리가 프란에게 이런 기밀을 알릴 수도 있는 위험을 감수하고서까지 말이죠."

"있지. 코브에서 유일하게 공국의 것이 아닌 것. 그게 바로 라바트 길드니까. 도시야 불바다가 돼도 다시 재건할 수 있지만 우리는 떠나면 영영 돌아오지 않을 수 있으니."

"으음."

"레디오스, 그치의 말을 들어보면 튤리는 아직까지 우리와 거래를 하고 싶어 한다더군. 이번 내전을 마무리하고 난 다음에 중앙 진출을 생각한다더구나. 우리가 그 교두보가 되길 바라서 살려주기 위해 왔다던데."

캄마의 말에 칼은 콧방귀를 뀌었다.

"꿈도 야무지네요. 바다 건너 중앙엔 마스터가 있다는 것 모르는 거 아니에요? 그러면서 우리랑 거래를 트겠다? 오면 그대로 잡아먹힐 녀석들이."

"글쎄다……. 이건 내 감이지만 어쩌면 레디오스가 우릴 찾아온 게 튤리의 명령이 아닐 수도 있다는 생각이 든다."

"그럼요?"

"어디긴 어디야. 마스터가 말했던 우든 클라우드지. 튤리의 입장에서 중앙 진출이야 당연히 정벌이겠지만……. 우든 클라우드면 의미가 다르지."

캄마는 턱을 한 번 쓰윽 쓸면서 말했다.

"채비를 해라. 지금 당장 화이트 벙커로 가야 하니까. 이제부터 알아볼 것들이 많아."

언제 준비를 한 것인지 방 한편엔 이미 당장에라도 떠날 수 있도록 여행 가방이 준비되어 있었다.

"어쩐지 조금 신나신 것 같은데요?"

칼은 그런 그를 보면서 피식 웃었다.

"그럼, 뒤가 구린 짓은 내가 일가견이 있거든."

캄마는 엄지손가락으로 자신을 가리키면서 살짝 턱을 치켜들며 말했다.

"……자랑스러운 일은 아니네요."

칼은 그의 모습에 피식 웃었지만, 확실하게 안 좋은 쪽으로 그의 직감은 생각보다 잘 맞는다는 걸 그도 잘 알고 있었다.

"가죠."

그는 결심이 선 듯 캄마에게 말했다.

"이게…… 도대체 뭐냐."

상자 안을 확인한 고든이 처음으로 한 말이었다. 하지만 그의 말에 다른 사람들도 이렇다 할 반응을 하지 못했다.

"아무것도 없다니. 텅 빈 상자를 본 드래곤의 뱃속에 넣어놓은 미친놈이 도대체 누구야?"

고든은 망령의 성을 바라봤다.

"지금 날 갖고 놀아? 저 안에 있는 리치 놈의 목덜미를 잡고 한 번 물어봐야겠군."

"잠시만요."

성큼성큼 성을 향해 걸어가려는 그를 말린 것은 다름 아닌 에이단이었다.

"빈 게 아니에요."

"음?"

"이거 보세요. 단순히 상자의 무게만으로 이렇게 무거울 수가 없어요. 분명 안에 뭔가 있는 게 틀림없습니다."

"하지만 아무것도 없잖아?"

"보이는 게 다가 아니죠. 언뜻 보면 그렇지만……. 상자 밑바닥이 생각보다 높게 올라와 있는 것 같지 않으세요?"

"설마……."

에이단의 말에 카릴이 눈치를 챈 듯 그를 바라봤다.

"간단한 눈속임이에요."

그는 상자의 안쪽 면을 따라 단검을 집어넣었다.

수욱-

단검의 날이 절반쯤 상자의 바닥과 연결된 틈 안으로 들어갔다. 날을 비틀자 탈칵- 하는 소리와 함께 바닥이 뜯어졌다.

"마굴이나 유적을 탐사하는 공략대들도 마법 함정이라든지 함정 같은 것들엔 주의를 기울이지만 의외로 이런 얕은 장치에 속아 넘어갈 때가 있죠."

고든은 그의 말에 머쓱한 듯 애꿎은 턱수염만 쓰다듬었다.

당연한 일이었다.

SS급에 가까운 본 드래곤의 사체에 어린애 장난 같은 장치를 심어놓은 상자가 있을 거라고 누가 상상이나 했겠는가.

"크흠, 그래. 그래서 안에 뭐가 들어 있지?"

그럼에도 불구하고 내용물이 궁금하긴 했는지 그가 헛기침을 하면서 에이단에게 말했다.

"잠시만요."

에이단은 상자 안에 손을 집어넣기 전에 카릴에게 먼저 그것을 보였다.

"마력이 느껴지지 않는다. 특별히 걸려 있는 마법은 없어. 꺼내도 될 것 같다."

"알겠습니다."

"허허……."

마지막의 마지막까지 조심하는 그의 모습에 고든은 새삼스레 카릴이 에이단을 뽑은 이유를 다시 느꼈다.

'상자를 여는 것도 그렇고 침착함까지…… 제법인데.'

"탐나셔도 안 됩니다. 에이단은 제 중요한 부하니까요."

"무, 무슨 소리냐."

카릴이 넌지시 말하자 고든은 살짝 당황한 표정으로 그에게 말했다.

"그냥 해본 소린데 반응이 어쩐지 진짜 그런 생각을 하셨나 봅니다?"

"실없는 소리. 빨리 안에 뭐가 들었는지나 말해봐."

"그게……."

에이단의 목소리에 모두의 시선이 그쪽으로 쏠렸다. 그의 손에 낡은 원형의 물건이 들어 있었다.

"휘장인데요?"

차르르륵-

작은 원판 주위에 붙어 있던 천 장식은 낡아 바스러지고 에이단의 손바닥엔 징표만이 남았다.

"휘장……?"

처음에 비어 있던 상자도 이상했지만, 뜬금없이 들어 있는 징표에 모두들 다시 한번 어이가 없을 따름이었다.

고든은 에이단의 손에 놓여 있던 휘장을 집어 들고는 살펴봤다. 대륙의 어떤 왕국에서도 쓰이는 문양이 아니었다. 처음에는 커다란 사다리인가 싶었던 원판의 문양을 잘 살피자 그것은 각각의 층이 나눠진 긴 탑이었다.

"탑이 문양인 가문이 있던가요?"

에이단이 고든에게 물었다.

그의 물음에 고든은 고개를 저었지만 카릴은 자신도 모르게 휘장을 본 순간 어깨를 움찔거렸다.

'파렐(Pharel)……?'

잊고 싶지만 절대로 잊을 수 없는 전생의 탑을 떠올리며 카릴은 고개를 저었다.

'어째서…….'

단순히 탑 모양이기 때문에 지레 겁을 먹고 그러는 것이 절대 아니다. 오래되어 낡아 형태를 제대로 확인할 수 없음에도 불구하고 휘장에 새겨진 문양이 파렐을 말하고 있음을 카릴은 알았다.

"이거…… 마도 시대의 물건이군."

휘장을 살피던 고든이 말했다.

"마도 시대요?"

"그래. 어째서 이런 게 남아 있는지 모르겠지만, 이 문양은 블레이더란 단체의 것이다."

처음 들어보는 이름에 저마다 고개를 갸웃거렸지만 카릴은 고든의 말이 떨어지기가 무섭게 가슴이 철렁하고 내려앉는 기분이었다.

본 드래곤을 상대할 때에도 보이지 않던 굳은 얼굴이었기에 에이단이 조심스럽게 그의 옆에 다가갔다.

"마스터, 괜찮으십니까?"

하지만 카릴은 그의 물음보다 고든의 대답이 더 중요한 듯 물었다.

"블레이더? 그 탑 문양이 그들의 것이라는 말씀이십니까?"

"뭐야, 너 그것도 알고 있는 거냐. 너 나이가 진짜 14살이 맞아? 황궁의 늙은이들도 이제는 잊어버린 이야기인데."

고든은 이제는 더 놀랄 것도 없다는 표정으로 카릴에게 말했다.

"5대 무구를 만든 단체이지 않습니까. 황궁의 보고에 잠들어 있는 지팡이, 무한의 숨결(Infinite breath)이 그들의 작품이고요."

"맞아."

"그리고 제 검도 그중 하나인 얼음 발톱이구요."

"······!!"

카릴의 말에 에이단과 밀리아나는 경악스러운 표정으로 그가 내민 검을 바라봤다.

"어쩐지. 범상치 않은 검이라고 생각했는데 5대 무구 중 하나라니······. 갈수록 더 기가 차는 녀석이로군."

확실히 고든만큼은 그의 말에 놀라기보다는 납득한다는 표정이었다.

"네 녀석이었냐. 아조르의 회색교장을 공략한 녀석이."

"어찌 아십니까?"

"그만한 무구가 있을 만한 곳은 거기뿐이니까. 황궁의 복도에서 들었다. 궁정 마법사인 카딘 루에르가 난리를 치면서 말했거든. 회색교장의 공략자를 영입하고 싶어 하던 것 같던데."

'그때 같이 있었던 모양이로군······.'

카릴은 고든의 말에 잠깐이지만 티렌을 떠올렸다.

"조심하는 게 좋을 게다. 제국 녀석들이 네 검이 블레이더의 5대 무구 중 하나라는 것을 알게 되면, 노리는 자들이 분명 있을 테니까."

"빼앗을 수 있다면 그리 해보라죠."

"하여간 자신감 하나만큼은 재수 없을 정도로 맘에 드는 녀석이라니까."

고든은 카릴의 대답에 클클 웃으며 넘어갔다.

"그런데 요는 왜 마도 시대에 사라졌다는 블레이더의 휘장이 본 드래곤의 몸속에 있느냐는 건데……. 이건 뭐 숨겨진 물건을 찾아도 고민이군."

"으흠……."

"그러게요. 이게 무슨 의미인지……."

밀리아나와 에이단 두 사람은 서로를 바라보며 고개를 갸웃거렸다.

쿠으으으으……

망령의 성이 마치 그들을 거부하듯 낮게 울기 시작했다.

카릴이 저 멀리 있는 그 성을 바라봤다.

'사령(死靈)…….'

왜일까. 그 순간 그의 머릿속에는 사라진 알른 자비우스가 떠올랐다.

고든의 손에 있는 휘장을 바라보며 생각했다.

'그 역시 블레이더 중 한 명이다.'

게다가 이곳의 주인이라 할 수 있는 자르카 호치와 마찬가지로 이 시대의 인물이 아닌 사자(死者)임에도 불구하고 현세에 남아 있었다는 것.

그뿐만 아니라 알른 자비우스가 있었던 7인의 원로회가 백금룡과 밀접한 관계가 있었고, 망령의 성을 두르고 있는 장벽역시 드래곤이 만들었다는 설이 있다.

카릴은 자신도 모르게 등골이 오싹한 전율이 전신을 타고지나가는 기분이 들었다.

"또한 그 둘 모두 같은 마도 시대의 인물이다."

그는 자신이 예상했던, 망령의 성을 공략하는 것 이상으로 이 안에 많은 것이 있을지 모른다는 생각이 들었다.

어쩌면…….

'만약 자르카 호치가 또 다른 블레이더(Blader) 중 한 명일 수도 있다면…….'

사라졌다고 알려진 블레이더의 5대 무구 중 2개의 행방을 찾을 수 있을지 모른다.

"뭐, 결국 성안으로 들어가야 답을 알겠지."

침묵을 깨고 고든이 말을 꺼냈다.

달라지는 것은 없다.

"여기 있습니다."

에이단이 상자 안에서 얻은 휘장을 카릴에게 건넸다.

"으흠……."

카릴 역시 알른 자비우스에 대한 기억을 지우고 고개를 끄덕이며 그것을 받아 들었다.

우-우-우-우-웅……!!

그때였다. 에이단에게서 건네받은 휘장을 집는 순간 생각지 못한 일이 벌어졌다. 갑자기 카릴이 입고 있던 갑옷이 휘장과 반응을 하듯 옅은 녹색의 빛이 흘러나오기 시작했기 때문이다.

"이, 이게 무슨?"

지금까지 단 한 번도 당황한 적이 없던 카릴조차 자신의 몸에서 흘러나오는 빛에 얼굴이 굳어졌다.

하지만 거기까지였다. 이렇다 할 변화 없이 휘장에 반응을 했던 빛은 다시금 힘을 잃고 사라졌다.

"……."

카릴은 겉옷 안쪽에 감춰져 있는 자신의 갑옷을 쓰윽 하고 만졌다.

차르릉…….

사슬이 부딪치는 소리가 들렸다.

"그거 평범한 갑옷이 아닌가 보군?"

고든이 그의 옷깃 사이로 보이는 은색의 체인 메일을 가리키며 말했다.

"네, 엘븐 메일(Elven Male)입니다."

"허……. 세계수의 가지로 만든 갑옷 말이야? 그거 엘프들의 작품이잖아. 5대 무구도 모자라서 엘프의 유물까지 가지고 있었나."

고든이 카릴의 말에 기가 차다는 듯 말했다.

그런 그를 바라보며 카릴은 피식 웃었다.

"타투르의 암시장엔 없는 것이 없으니까요."

사실 카릴이 입고 있는 엘븐 메일은 노움 세공사인 칼립손이 떠나기 전에 그에게 남겼던 물건이었다. 다시 말해 암시장이라고 해서 쉽게 구할 수 있는 물건이 아니었다.

'게다가 이건 엘프의 작품이 아니라 노움의 작품이기도 하고.'

만약 아직 살아 있는 노움이 있다는 것을 알게 되면 교도 용병단이 어떻게 나올지 모르기에 카릴은 말을 아꼈다.

하지만 그의 갑옷이 엘프의 산물인 노움이 만든 것이든 어쨌든 모두 엘프의 땅이라 불리는 에리얼 우드(Aerial Woods)의 세계수의 가지로 만들어진 것만은 틀림없다. 뛰어난 방어력을 가진 갑옷이라는 것은 알고 있었지만 이런 식으로 베일에 싸인 기능이 있는지는 카릴도 알지 못한 일이었다.

"어째서 엘븐 메일이 이 휘장에 반응하는 걸까요?"

"글쎄……."

"망령의 성안에 주인에게 물어보면 되겠지. 여튼, 잘 가지고 있어라. 보기 힘든 물건이니까. 또 모르지. 엘프를 만나게 되면 그걸 보고 좋아할지."

'노움이 만든 거지만요.'

카릴은 속으로 대답을 하며 말했다.

"그러네요. 엘프는 저도 한번 보고 싶긴 하네요. 노움이나 드워프는 소수지만 살아 있다고는 하지만 엘프는 본 사람이 없잖아요."

유사 인종이라 불리는 그들은 천 년 전 마도 시대에만 하더라도 왕성한 숫자를 자랑했었다고 알려져 있다. 하지만 이제 노움과 드워프의 숫자는 멸족 위기에 놓여 있을 만큼 현저하게 줄었고 특히나 엘프는 대륙 서쪽 끝의 작은 숲인 에리얼 우드(Aerial Woods)에 있다고만 알려져 있을 뿐이다.

하나 많은 모험가와 탐험가가 대륙의 서쪽 끝까지 탐사를 했었지만 엘프의 숲은 찾지 못했다.

아직도 에리얼 우드는 소문만 무성한 전설의 땅으로 남아 있을 뿐이었다. 하지만 그렇기 때문에 더욱 신성시될 수 있었는데 교단의 성지인 헤임(Heim)이 그곳을 본떠 만든 곳이라는 이야기도 있었다.

'이게 어째서 휘장과 반응한 걸까······.'

이상했다.

카릴은 이 둘의 연관성을 찾아보려 했지만 접점이 없어 결국 답이 나오지 않는 듯 고개를 저었다.

"네 얼굴을 보니 정확히 알지는 못하는 것 같군. 하지만 뭔가 연관성이 있는 것 같으니······. 그 휘장은 네가 가지고 있거라."

"그러죠."

"그럼 이제 출발해 볼까?"

크게 고민을 하지 않고 고든이 고개를 돌리며 말했다.

"그런데······. 앞으로 더 가려면 장벽을 부숴서 독기를 빼야 할 것 같은데요. 저는 다른 분들처럼 저길 뚫고 갈 자신이 없습니다."

에이단이 뿌옇게 서려 있는 독기들이 떠다니는 길을 바라봤다. 그 끝에 있는 망령의 성까지 가려면 아직도 한참이나 남았다.

"본 드래곤에게서 봉인 마법을 푸는 열쇠를 찾지 못했으니 이제 어쩌죠?"

"걱정 마."

"독기를 빼는 거라면 간단하다."

"네?"

좀 전에만 하더라도 장벽 안으로 들어오는 것조차 어려웠던 일이었는데 고든은 대수롭지 않게 말했다.

쿠웅…….

그리고는 바닥에 세워 뒀던 모우터를 어깨에 짊어지고는 천천히 장벽이 있는 곳으로 걸어갔다.

"흡!!"

고든이 있는 힘껏 해머를 휘둘러 장벽을 내려쳤다.

콰아아앙! 콰강-!!

엄청난 굉음과 함께 해머가 닿은 장벽의 안쪽이 부서지며 사방으로 파편이 튀었다. 봉인 마법이 걸려 있어 흠집 하나 낼 수 없었던 장벽이라는 알고 있던 사람들은 순식간에 커다란 구멍이 뚫린 장벽을 보며 놀란 얼굴로 고든을 바라봤다.

"카릴, 너라면 느꼈을 텐데?"

"네. 상자가 열린 순간 장벽에 걸려 있던 마력이 사라졌습니다. 아마도 에이단이 휘장은 꺼냈던 것이 봉인을 푸는 방법이었나 봅니다."

"맞아. 만약 그냥 상자를 두고 갔다면 봉인이 풀리지 않고 헤매거나 결국 성안으로 갔겠지. 자칫 고립될 뻔했는데 부하 한번 잘 뒀군."

"그러니까 눈독 들이지 말아주시라니까요."

"흥, 녀석……"

마르지 않는 에이단의 칭찬에 고든은 살짝 입술을 씰룩이며 말했다.

휘이이이익!! 휘익!!

마치 장벽 안쪽은 보이지 않는 천장이 있었던 것처럼 독구름이 가둬져 있었는데 뚫린 구멍 사이로 지면 독기들이 순식간에 빠져나가기 시작했다. 그 모습이 꼭 봉화(烽火)를 올린 것같이 보였다. 이 정도 독연(毒煙)이라면 포나인 건너 제국까지도 보이는 게 아닐까 싶을 정도로 높게 솟아오르기 시작했다.

고든은 몇 개의 구멍을 더 뚫고서 말했다.

"뭐 해? 너희들도 거들어라. 이 넓은 지역의 독기를 모두 뺄 순 없겠지만 어느 정도 옅어지기만 하면 성안으로 갈 수 있을 테니까."

"아, 알겠습니다!"

"……"

그의 말에 밀리아나와 에이단이 움직였다.

"어떠냐. 카릴, 네가 기다리는 애송이도 이 정도 표시를 해두었으니 알아서 들어오겠지?"

"네, 봉인 마법만 해제되면 상관없습니다. 어차피 수안은 이쪽으로 들어오지 않을 테니까요."

"음……?"

카릴은 열심히 구멍을 뚫고 있는 장벽 반대편을 가리켰다.

"바다를 건너올 거라서."

처음 우려와 달리 옅어진 독기를 뚫고 가는 동안 이렇다 할 마물이 튀어나오진 않았다.

장벽이 부서진 것에 대해 망령의 성의 자르카 호치가 무슨 수작을 부리지 않을까 싶었는데 오히려 그는 일행을 기다리는 듯 길을 내주었다.

끼이이이익…….

성 앞에 도착하자 일행을 기다렸다는 듯 거대한 성문이 열렸다.

"허……."

그들은 눈 앞에 펼쳐진 광경에 저마다 낮은 탄성을 질렀다.

"반갑습니다."

눈이 아플 정도의 빛이 쏟아졌다.

반듯하게 차려입은 집사가 기다란 냅킨을 한쪽 손목에 감싸고 반대쪽 손을 뒷짐 지고는 카릴을 향해 허리를 숙였다.

디링…… 디리링……. 디리링…….

성안에서 옅은 선율이 들렸다. 마치 고급스러운 연회장처럼 벽면에는 수십, 수백 개의 촛대가 아름답게 타고 있었고 천장에 달린 커다란 샹들리에는 조금 전까지 죽음의 땅을 건너온 것이라는 생각이 들지 않을 정도였다.

"이게 무슨……."

에이단은 자신도 모르게 어리둥절한 표정으로 주위를 살폈다.

"들어오시지요."

"……."

안으로 발을 들여놓자 따뜻한 공기가 카릴의 뺨을 스쳐 지나갔다.

향긋한 향기와 입맛을 돋우게 하는 맛있는 음식들의 냄새가 코를 자극했다. 축제가 벌어진 것처럼 화려한 드레스를 입은 사람들이 삼삼오오 짝을 이루고 춤을 추고 있었다.

"하하하하!!"

"호호……!"

여기저기에서 웃음소리가 끊이지 않게 들렸다. 수많은 사람이 테이블을 사이에 두고 깔깔거리며 대화를 나누고 있었다.

저벅- 저벅- 저벅.

그때였다. 사람들의 무리에서 한 남자가 성큼성큼 카릴을 향해 걸어 왔다.

"먼 길 오시느라 고생하셨습니다. 이제 겨울이 와서 날씨가 꽤 춥죠? 한 잔 드시겠습니까."

그는 호쾌한 웃음과 함께 손가락을 튕기자 집사가 쟁반에 김이 나는 술이 담긴 컵을 가져왔다.

"몸이 따뜻해질 겁니다."

남자가 쟁반 위에 있는 커다란 술잔을 건네자 잔 안에 들어 있는 향긋한 향기는 지금껏 맡아 보지 못한 달콤한 향이 났다.

"흠……."

고든이 물끄러미 술잔을 바라보더니 낮은 한숨을 내쉬었다.

콰아악……!

그 순간.

그가 커다란 손바닥으로 남자의 얼굴을 감쌌다. 그러고는 천천히 들어 올리자 남자는 들고 있던 술잔을 떨어뜨리고는 그의 손목을 붙잡았다. 허공에서 두 다리를 바둥거리며 고통스러운 듯 컥! 컥! 괴상한 비명을 질렀다.

"아악!!"

"꺄아아악!!"

그 광경에 연회장에 있던 사람들이 비명을 지르며 도망치기 시작했다.

콰악……!! 퍽!!

남자의 머리가 그대로 고든의 악력을 버티지 못하고 풍선이 터지듯 터졌다. 뇌수가 사방으로 튀고 바둥거리던 남자의 다리가 힘을 잃고 그래도 축 늘어졌다.

끔찍한 광경이었다.

하지만 고든 파비안은 남자의 시체를 발로 차고는 손을 저어 묻은 피를 털어내면서 짜증이 섞인 목소리로 말했다.

"뭐, 개수작이야. 이 새끼들이."

화아아아악……!! 사르르륵……!

그 순간 조금 전까지만 하더라도 따뜻한 온기가 가득했던 연회장은 온데간데없이 사라지고 매서운 한기가 이들의 주위에 쏟아졌다.

"흐익?!"

에이단은 들고 있던 술잔이 낡은 그릇으로 변하고 향긋했던 술은 지네와 해충들이 둥둥 떠 있는 썩은 물로 변하자 자지러지며 그릇을 던져 버렸다.

연회장 곳곳에 쓰러져 있는 시체들. 천장에 샹들리에는 마치 단두대의 도끼처럼 바람에 흔들렸고 을씨년스러운 연회장엔 불 하나 없었다.

콰득-

밀리아나는 자신의 발치에 걸린 시체의 옷이 낯익다는 것을 깨달았다.

"……."

조금 전 그들을 안내했던 집사의 옷이었다.

그녀는 그걸 보며 기분 나쁜 듯 발로 해골을 차버렸다.

"뷀! 환영 마법을 본 적이 있지만 이렇게 엄청난 규모는 처음이군. 이 안에 사는 녀석은 대마법사라도 된단 말인가?"

고든 파비안은 심하게 나는 악취에 침을 뱉으며 인상을 찡그렸다.

[아름다운 광경을 즐기지 못하는 녀석들이로군.]

연회장의 끝 단상 위 무대에 있는 커다란 의자에 한 남자가 서 있었다.

"네놈이군. 이런 병신 같은 짓거리를 하는 정신병자가. 시체를 살려서 춤추게 만드는 게 아름다움이냐?"

고든은 그를 향해 말했다.

"네 머리통을 깨부수는 게 더 미덕이겠지."

[클클……]

그의 말에 남자의 어깨가 가볍게 떨렸다. 은빛의 긴 머리카락이 바람에 살짝 흔들렸다.

가려진 얼굴이 드러났다. 시체의 산과 어울리지 않을 놀라울 정도의 미모를 가진 남자였다.

하지만 그것보다 그들의 눈을 사로잡은 것은 따로 있었다.

"봤냐? 카릴."

"네."

"네 갑옷이 어째서 그 휘장과 반응을 했는지 이유를 대충 알 수 있을 것 같군."

"저도요."

고든은 콧방귀를 뀌며 앞으로 걸어 나왔다.

"망령의 성의 주인이 인간이 아니라 엘프였다니."

"그러게요. 처음으로 엘프를 보게 된 건데 하필 뼈밖에 남아 있지 않은 시체라니. 좀 아쉽네요."

카릴의 말에 옥좌에 앉아 있던 자르카 호치는 옅은 미소를 지었다. 은빛 머리카락 사이로 기다랗게 자라있는 귀가 보였다.

"신성지(神聖地)는 개뿔. 이 모양이니 어떤 모험가도 찾을 수 없었지."

고든은 자신의 해머인 모우터를 어깨에 걸치면서 낮은 목소리로 말했다.

"여기가 바로 엘프의 땅. 에리얼 우드(Aerial Woods)다."

►**Chapter 6**◄

[낭만을 모르는 자들이군.]

옥좌에 앉아 있는 자르카 호치는 불경스러운 것을 본 것처럼 고든을 향해 혀를 찼다. 고개를 뻣뻣하게 들고서 카릴의 일행에게 관심을 주지 않는 듯 그는 손에 든 작은 액자를 감상하고 있었다.

툭-

그러고는 의자 옆에 있는 테이블에 그것을 조심스럽게 내려놓았다.

"낭만 같은 소리 하고 있네. 어디서 천 년이나 썩은 녀석이. 고인 물도 이런 고인 물이 없군. 장벽 안쪽 독기보다 이곳이 더 악취가 난다."

자르카 호치의 말에 고든은 콧방귀를 뀌면서 말했다.

"시끄럽고 내 약이나 내놔."

[……뭐?]

자르카는 고든의 말에 어이가 없다는 듯 고개를 갸웃거렸다.

"나도 모른다. 네놈이 가진 것 중에 약 같은 게 있을 것 아니냐. 마굴의 보스들이 남기는 보물처럼 말이야. 그나마 말이 통하는 마물이라서 다행이군."

[오랜만에 찾아온 인간이 미치광이라니…….]

고든의 말에 이번엔 자르카가 어이가 없다는 듯 말했다.

스으으윽…….

그가 자리에서 일어서자 음산한 기운이 연회장을 가득 채웠다.

밀리아나는 느껴지는 추위에 마력을 끌어올렸다.

[익숙한 기운이로군……. 그래, 용의 장벽을 뚫고 온 자들은 실로 오랜만인데 그럴 만한 능력은 있어 보이는군.]

자르카는 그녀의 마력을 알아차렸는지 천천히 고개를 끄덕였다.

"몇 가지 물을 것이 있다, 자르카 호치."

카릴이 먼저 말을 꺼냈다.

[무엇이지?]

팽팽한 긴장감은 여전했지만 고든 덕분에 조금은 풀어진 분위기에 당장에 검을 뽑는 사태는 면한 듯싶었다.

'흠, 다행이네.'

자신의 물음에 답하는 그를 보며 카릴은 생각했다.

'녀석에게 검을 박아 넣기 전에 대화할 기회가 있어서 말이야.'

"이 휘장이 어째서 본 드래곤의 몸 안에 있는 거지?"

카릴은 그에게 조금 전 얻었던 휘장을 꺼내어 보였다. 휘장을 다시 꺼내자 옅은 녹빛이 휘장에서 그리고 그의 갑옷에서 한 번씩 빛났다.

하지만 어쩐지 성안의 흑마력 때문인지 밖에서와는 달리 그 빛이 옅었다.

그 모습에 자르카 호치의 눈빛이 살짝 떨렸다.

[그러는 너는 어째서 엘프도 아닌데 엘븐 메일을 입고 있는 것이지?]

"이건 엘프가 만든 게 아냐. 노움이 만든 거지."

[흥……. 세계수의 가지를 훔친 건가. 그 쥐새끼 같은 놈들. 하는 짓은 천 년 전이나 지금이나 똑같군.]

노움과 엘프의 사이가 드워프 못지않게 좋지 않다는 것은 옛날부터 알려진 일이었다. 하지만 직접 그 얘기를 확인하게 되니 마치 오래된 동화를 보는 것처럼 신기했다.

"으……."

하지만 그런 기분도 잠시. 아름다운 미남자처럼 보이는 자르카 호치의 모습을 자세히 살피자 피부처럼 보이는 것은 옅은 영령(英靈)일 뿐이라 말을 할 때마다 그 안에 있는 해골이 움직였다.

눈이 좋은 에이단은 그 모습이 더 명확하게 보이는 듯 소름
끼친다는 표정으로 고개를 저었다.

[뭐, 좋다. 하지만 내가 왜 그것에 대해서 알려줘야 하지? 남
의 성에 침입한 자들에게.]

"잘도 독을 먹으려고 했던 녀석이 할 말은 아닌 것 같은데.
서로 피차일반이니 편하게 가는 게 어때."

카릴은 옆에 구르고 있던 그릇을 발로 툭 치면서 말했다.

[해줄 말은 없다. 신성한 땅에 들어온 너희가 할 일이라고는
숨을 거두는 일뿐이니까.]

그 순간.

자르카 호치의 주위에 희뿌연 마력보호막이 만들어졌다.

"거 봐라. 예의 바르게 물으니까 뼈다귀가 성질을 내잖아.
미안하게 됐다. 저놈 말은 무시하고 그냥 내 약이나 어디 있는
지 말해. 잘난 머리통을 날려 버리기 전에."

"……."

고든은 다시 한번 쯧- 하고 혀를 차면서 말했다.

하지만 조금 전 진짜로 연회장 남자의 머리통을 날려 버린
그가 말하는 미안하다는 말은 전혀 사과로 들리지 않았다.

[무례한 놈들……. 네놈들도 결국 영혼샘의 정수를 훔치러
온 도둑들이군.]

"영혼샘의 정수……?"

"거 봐. 바로 말하잖아. 그게 내 약이냐?"

고든이 카릴을 향해 살짝 고개를 갸웃하며 말했다.

[헛소리……. 네놈들 주위의 시체들이 뭔지 아느냐. 이 성에 덤볐다가 죽은 자들이다. 저들과 마찬가지로 너희도 영원히 이곳에 갇혀 끝나지 않는 꿈을 꾸게 해주마!!]

그 순간 연회장 주위를 감싸는 마력 폭풍이 거세게 일기 시작했다.

파즉…… 파즈즈즉……!!

마치 불이 난 것처럼, 검은 마력이 연기처럼 카릴의 주위뿐만 아니라 성 전체를 덮었다.

"조심해!!"

평범한 마력이 아니라는 것을 알기에 카릴의 외침에 모두가 각자의 무기를 꺼내 마력을 집중했다.

[육신의 구속에서 벗어나 자유를…….]

[주인님의 명을 따르라.]

음산한 목소리가 여기저기에서 들리기 시작했다. 바닥에 너부러져 있던 시체들이 검은 마력이 닿자 새하얀 연기를 토해내며 일어나기 시작했다.

"흡……!!"

그 순간 본능적으로 고든이 튀어 나가면서 자르카 호치를 향해 있는 힘껏 모우터를 휘둘렀다.

콰아아아아앙-!!

벽을 치는 단단한 울림이 터져 나왔다. 그의 몸을 보호하고 있는 마력보호막이 물결이 일렁거리듯 흔들렸지만 깨어지지 않고 반대로 고든의 해머를 튕겨냈다.

"······!!"

[크크크······. 고작 그 정도인가? 필멸자들이여. 두려움에 떨거라. 안개 같은 나의 마력을 너희의 조잡한 두 손으로 가릴 수 있겠느냐.]

자르카 호치는 고든을 향해 낮은 웃음을 지으며 말했다.

"사령술인가······. 귀찮게 되었군."

일렁이는 마력보호막을 바라보며 카릴이 낮게 중얼거렸다.

"부수면 되지. 본 드래곤도 잡았잖아."

그의 말에 밀리아나는 검기를 뿜어내며 말했다. 혈맥이 뚫리고 난 뒤에 아직 제대로 용마력을 써보지 못해 아쉬웠던 그녀였기에 오히려 강한 상대를 바라고 있었다.

"조심해. 밖에 있던 허접한 언데드들과는 다르다. 뼈만 있는 게 아니라 저 자르카란 놈처럼 영체로 된 피부가 위에 덧씌워져 있지? 사령술로 부활한 놈들은 생전의 능력을 그대로 쓸 수 있어."

하지만 카릴의 경고에도 불구하고 밀리아나는 오히려 기대되는 듯 말했다.

"어차피 저 엘프에게 죽은 자들이잖아. 기껏해야······."

콰아아앙-!!

그때였다. 엄청난 굉음과 함께 밀리아나는 말을 잇지 못한 채 충격으로 몸이 붕 떠올라 뒤로 튕겨 나갔다.

쾅! 콰가강……!!

바닥을 한 번 구르던 그녀가 검을 지면에 박아 넣었지만 기세는 줄지 않고 그대로 수십 미터를 밀려났다. 벽에 부딪히고서야 멈춘 그녀가 당장에라도 달려들 듯 벌떡 일어서더니 움찔거리며 멈춰 섰다.

주르륵-

"어?"

밀리아나가 손등으로 코끝을 쓱 문질렀다. 붉은 핏덩이가 묻어났다.

"피…….."

본능적으로 검을 들어 막았음에도 불구하고 사령술로 부활한 검사의 일격에 시뻘게진 뺨과 함께 욱신거리는 코를 만지며 그녀가 으르렁거리듯 말했다.

"이 개……!!"

파앗!!

순간, 그녀의 몸이 사라지듯 잔상만을 남긴 채 엄청난 속도로 검사를 향해 달려들었다. 바닥을 밟고 뛰어오르면서 공중에서 세 바퀴 회전하며 녀석을 향해 검을 뻗었다.

채앵!!

오른손에 잡고 있는 아크가 검사의 검과 부딪혔다. 밀리아나는 여전히 공중에서 공격을 멈추지 않았다. 아크를 튕기듯 밀어내자 검사의 몸이 휘청거렸고 그녀는 그 상태에서 원을 그리며 반대쪽 게일을 횡으로 그었다.

콰강! 쾅!!

연이은 폭음과 함께 바닥에 내려오기 직전에 그녀는 몸을 꺾으며 그대로 위에서 아래로 검사의 머리를 발로 찍어 찼다.

츠즈즈즉……

검사의 머리가 바닥에 처박히면서 바닥의 대리석이 부서져 박힌 머리를 중심으로 브이 자로 튀어나왔다.

"이 자식……"

몰아치는 공격에도 불구하고 밀리아나는 쓰러진 검사를 바라보며 살짝 얼굴이 굳어졌다.

'저 여자도 장난이 아니군……'

에이단은 맹렬하게 쏟아지는 그녀의 검격을 보며 다시 한번 생각했다.

"애송아, 놀 때가 아니다. 죽지 않게 집중해. 저기 두 놈은 네 몫이니까."

"……네?"

감상에 빠져 있던 그를 향해 고든이 말했다.

어느새 자르카 호치의 사령술에 의해 부활한 시체들이 자신들을 향해 다가오고 있었다.

"카릴, 보이느냐. 녀석들과 자르카의 보호막이 서로 연결되어 있다. 아무래도 저놈들을 다 잡아야 보호막이 사라지는 것 같군."

단순한 흑마법은 시전자의 마력으로 인해 부활한 언데드들이었기에 신체가 부서지거나 핵을 파괴하게 되면 더 이상 움직이지 않는다.

　콰아아앙!!

　조금 전 밀리아나의 공격에 쓰러졌던 검사가 벌떡 일어나며 검을 휘둘렀다.

　"저게 사령술의 귀찮은 점이죠. 빛의 종족이라 불리는 엘프가 사령술이라니……. 어지간히 별일이 다 있네요."

　[크르르르…….]

　맹수처럼 으르렁거리며 주위의 시체들이 서서히 포위망을 좁혀 왔다. 부활한 언데드들은 자르카 호치의 보호막과 비슷한 것을 두르고 있었다.

　사령술은 술자와 언데드 사이에 마력이 연결되어 보호막이라는 형태로 이어진다. 그리고 그 마력이 다 할 때까지 부서지지도 않고 설령 부서지더라도 순식간에 재생한다.

　"방법은?"

　"기본적으로는 마력을 모두 소진할 때까지 공격해서 마력보호막을 벗겨내는 것이지만……."

　전생에 파렐이 나타나고 지상으로 뛰쳐나온 마족들이 이따금 사령술을 쓰는 자들이 있었다.

　하지만 그때는 대규모 인원이 부딪히는 전쟁이었기에 마력을 소모 시키는 것이 가능했지만 지금은 달랐다.

"엘프면 가뜩이나 오래 사는 족속들인데 거기에 천 년이나 더 살았으니……. 그 마력을 다 소진시키려면 도대체……."

에이단이 질린다는 듯 말했다.

[캬악!!]

드레스를 입고 있는 여자가 그를 향해 날카로운 비명을 지르며 검을 휘둘렀다.

"큭!!"

가냘파 보이는 여자의 공격이었지만 에이단은 두 팔이 욱신거리는 통증을 느꼈다.

"비켜!!"

고든 파비안이 해머를 있는 힘껏 휘둘렀다. 그러자 여자의 허리가 기역 자로 꺾이면서 그대로 갈비뼈가 산산이 부서졌다.

"……."

후드득…… 후득……! 쩌그덕!!

[캬야약!!]

바닥에 튕겨 벽에 처박힌 시체가 반쯤 부서져 비틀거리자 사방으로 뿌려진 뼛조각들이 새로이 붙었다. 몸이 복구되자 여자는 미친 듯이 달려 이번엔 고든을 향해 달려들었다.

"빌어먹을!!"

고든 파비안은 덜그럭거리는 이빨로 자신의 목덜미를 깨물려는 여자의 면상에 주먹을 날렸다. 동시에 뒤에 달려드는 집사의 허리를 모우터로 찍어버렸다. 바닥과 해머의 머리 사이에

낀 집사는 몸통과 다리가 분리되며 바둥거렸다.

원래대로라면 자르카 호치의 마력보호막이 유지되는 동안엔 언데드들이 부서지지 않아야 했다. 밀리아나를 상대하는 언데드들만 봐도 알 수 있었다. 하지만 그의 공격은 한 발 한 발이 언데드들에게 걸린 보호막을 상회하는 것들이었다.

"부수다 보면 끝난다는 거면 방법은 간단하네. 이봐, 엘프. 천 년의 마력? 어디 얼마나 오래 가는지 한번 보지."

고든은 부서진 상체와 하체가 합쳐지려는 해골 집사의 머리를 다시 한번 해머로 부숴 버리면서 말했다.

"……"

에이단은 이런 괴물들 사이에서 처음으로 수안 하자르가 그립다는 생각이 들었다.

"와라."

고든 파비안이 손가락을 까닥이며 말했다.

[크르르르……]

연회장의 언데드들이 저마다 무기를 뽑아 들었다.

우득-

조금 전 산산조각이 났던 해골 집사가 가루가 된 머리를 다시 짜 맞추고는 목을 좌우로 한 번씩 꺾고는 고든을 향해 달려들었다.

콰앙……!! 쾅……! 쾅!! 쾅!!

수십 마리의 언데드가 고든과 엉겨 붙기 시작했다. 사방으로 터지는 뼛조각들이 연기처럼 연회장을 가득 덮었다.

"진짜 리치의 마력이 고갈될지도 모르겠는데요?"

에이단은 괴물 같은 고든의 모습에 낮은 탄성을 지르며 카릴에게 말했다.

'이상한데…….'

하지만 오히려 카릴은 고든을 향해 달려드는 언데드들의 모습이 어쩐지 이질적이라는 것을 느꼈다.

"설마……?"

"후으읍!!"

고든 파비안이 모우터에 힘을 실어 언데드들을 쳐냈다.

얼마나 시간이 지났을까. 마력보호막으로 보호되는 언데드들을 가루로 만들 만큼 엄청난 무용을 보여주고 있는 그였지만 조금씩 호흡이 거칠어지기 시작했다.

탕!! 타탕……!! 카그그극……!!

수십 마리의 언데드가 검과 창으로 그의 몸을 찔렀지만 그를 보호하고 있는 오토마타의 갑옷에 튕겨 나갔다. 하지만 녀석들은 공세를 늦추지 않았고 거대한 벽처럼 단단하게 보였던 그의 몸이 처음으로 뒤로 밀려났다.

[생(生)의 바둥거림이 참으로 볼만하구나. 아무리 강한 강자라도 결국 필멸하게 마련이니.]

한 편의 연극을 보는 것처럼 마력보호막 안에 있는 자르카 호치는 고든의 싸움을 지켜보며 낮게 흥얼거렸다.

"평생 수많은 마굴을 공략했지만, 저 녀석만큼 재수 없는 마물은 처음이군."

고든은 으르렁거리듯 말했지만 자르카 호치는 여전히 여유로운 표정이었다.

"후……."

통증이 완화되기는 했지만 아직 산화혈액증 완치되지 않은 고든은 힘을 일점 폭발시키는 것은 가능하지만 이런 장시간 전투를 하는 것은 무리가 있었다.

"자르카."

고든은 예전 같지 않은 자신의 기량에 아쉬운 것보다 지금 이 상황이 짜증이 나는 듯 말했다.

"네 말이 맞다, 엘프. 무슨 영화를 누리려 살기 위해 이곳에 와서 지금 바둥거리고 있는지……. 나이가 드니 기억력이 감퇴되나 보군."

순간.

그의 몸에서 말로 형용할 수 없는 마력이 뿜어져 나왔다. 혈맥 하나하나가 터질 듯 도드라졌다.

"네 녀석의 마력이 고갈될 때까지 이 짓거리를 하는 게 아니라 그냥 네 녀석을 쳐 죽이는 게 내 방식이었는데 말이야. 약따윈 됐으니 그냥 죽어라."

[카아아아아……!!]

[카라락!!]

사령술의 시체들이 자르카에게 걸어가는 고든을 향해 달려들었다.

"아니지. 죽은 놈이니 뭐라고 해야 하지?"

귀찮은 듯 그가 모우터를 휘둘렀다.

부-우-우-웅……!!

그 순간.

기묘한 움직임으로 언데드들이 고든의 공격을 피했다.

"뭐야?"

하지만 이내 곧 이어지는 2타에 산산조각이 나버렸지만, 지금까지 피하지 못했던 그의 공격을 분명 한 번뿐이지만 언데드들이 피한 것이다.

'저 기술은……'

그 순간 카릴의 눈빛이 번뜩였다. 조금 전 녀석들에게서 느꼈던 이질적임이 바로 저것이라는 걸 그는 깨달았다.

'인간의 것이 아니다.'

기억을 더듬어 봤다.

어딘지 모르게 익숙한 움직임. 언데드들의 동작이 익숙하다는 것은 우스운 일이었지만 분명 조금 전 고든의 공격을 피하는 마물들의 미세한 동작들이 그의 기억 속에 남아 있었다.

'자각하고 행동한 것이 아니라 본능적인 것이었다.'

그 말은 곧 생전의 기억 혹은 경험인 것이다.

"……."

그런 카릴의 생각은 차치하더라도 고든 역시 찝찝한 기분을 감추지 못한 채 신경질적으로 부서진 뼈들을 다시 한번 거칠게 찼다.

"어차피 다시 합쳐질 놈들이니……. 그전에 네 녀석을 박살 내주마."

무식한 놈, 하고 자르카 호치는 자신을 향해 다가오는 고든을 경멸의 눈으로 바라봤다.

여전히 의자에 기대어 앉아 있는 그는 가만히 세워 두었던 자신의 스태프를 처음으로 잡았다.

후욱-

한 줄기의 바람이 모우터의 끝에 응축되듯 모였다. 그가 있는 힘껏 해머를 내려치자 정점에서 아래로 떨어지는 동안 해머의 머리에서 공기를 파괴하는 충격파가 터져 나왔다.

콰아아아아아--!!

아직 지면에 닿기도 전에 터지는 굉음은 마치 괴물의 포효 같이 들렸다.

'아직도 저런 저력이 남아 있었나.'

카릴은 멀리 떨어져 있어도 피부가 저릿할 정도로 느껴지는 그의 기세에 다시 한번 대륙의 5대 소드 마스터의 위용을 실감했다.

[χ-φω φχ χω…….]

자르카 호치의 입에서 엘븐어로 된 주문이 흘러나왔다. 당장에라도 짓눌릴 것 같은 위용에도 아랑곳하지 않고 고든을 바라보며 그는 빛나는 스태프를 아래로 내려쳤다.

쿠우우웅······.

고든의 공격과는 다른 웅장한 울림이 바닥 아래에서 들렸다.

지진이라도 일어난 것처럼 바닥이 흔들렸지만 고든은 몸을 회전하며 다시 한번 해머를 날렸다. 그가 모우터를 칠 때마다 대기가 일그러지는 것처럼 충격파가 일어났다.

콰!! 콰!! 콰아아아앙!!

몰아치는 공격에 완전무결하게 보였던 자르카 호치의 마력 보호막이 흔들렸다.

"괴물······."

에이단은 그 모습에 할 말을 잃은 듯 말했다.

"크아아아아아!!"

고든의 외침이 성안을 울렸다. 노도와 같은 공격이었지만 그의 강함의 대단함은 그 공격 하나하나가 어떠한 형식도 없이 그저 본능으로 싸운다는 점이었다.

콰그그그극······!!

고든의 발아래가 갈라지며 두꺼운 거목의 줄기들이 솟아나 그의 몸을 옭아매기 시작했다.

"흥······!"

하지만 자르카 호치의 마법이 가소롭다는 듯 고든은 자신의 앞을 가로막는 거대한 나무의 벽을 부숴 버렸다. 그야말로 파쇄(破碎)라는 말이 어울리는 공격이 아닐 수 없었다.

'아무래도 나와 싸울 땐 전력이 아니었던 모양이군.'

카릴은 쓴웃음을 지었다.

그는 고든의 강함을 인정하고 있었지만 혼신을 다한 그의 모습은 가히 상상을 뛰어넘었다. 인간이 쓰는 모든 검에는 술(術)이라는 제약이 따른다. 카릴은 그것을 벗어나기 위해 억겁의 시간 동안 검을 휘둘러 만든 것이 검의 다섯 자세였다.

인간이 할 수 있는 모든 검술을 응축하고 통달하여 다섯으로 압축한 것. 하지만 그 역시 자세라는 술(術)에 제약을 받는다는 것을 부정할 수 없었다.

툭…… 투둑…….

"어?"

조금 전까지 자신을 향해 검을 휘두르던 사령들이 멈추고 다시 본래의 백골로 변하기 시작했다.

에이단은 자신의 앞에 쓰러진 녀석들에 살짝 놀란 듯 뒤로 한 걸음 물러섰다.

"역시 그렇군."

카릴은 고든의 맹렬한 공격에 자르카 호치가 사령술에 소모하던 마력을 거두자 힘을 잃고 쓰러진 백골들을 바라보며 고개를 끄덕였다.

"에이단, 네 말이 맞아."

"네?"

"고든 파비안은 진짜 괴물이야."

남부에서 일전을 벌이고 그의 전매특허인 마력 갑옷을 부쉈을 때만 하더라도 솔직히 카릴은 그를 이제 자신의 아래에 두었다고 생각했다.

'뭐, 그 생각은 지금도 달라지진 않았지만……'

산화혈액증을 회복해서 전력을 다할 수 있다면 결코 쉽게만 이길 수 있는 상대는 아니라는 생각이 들었다.

'당신을 살리게 된 게 참으로 다행이야. 전생에선 볼 수 없었던 그 괴물 같은 힘은 정말 내게 필요할 테니까.'

카릴은 바닥에 쓰러져 있는 백골의 머리를 들어 올려 살폈다. 언뜻 보기엔 인간의 것처럼 보이지만 묘하게 달랐다.

그는 확신한 듯 들고 있던 두개골을 던지고는 나지막한 목소리로 말했다.

"자르카 호치. 넌 우리가 성에 들어왔을 때부터 지금까지 이 웃긴 연극을 끝내지 않았던 모양이네."

"그게 무슨 말이야?"

자신을 공격하던 사령 검사가 사라지자 밀리아나도 검을 거두고 그에게로 다가왔다.

"와…… 정말 괴물이네."

카릴이 말한 연극의 의미를 듣기도 전에 그녀는 자르카와 고든이 싸우는 모습을 보며 어이가 없다는 듯 헛웃음을 지었다.

쫘드득…….

그런 생각이 들자 그녀는 살짝 인상을 찡그리며 검을 잡은 손에 힘을 주었다.

그녀 역시 이제 소드 마스터의 반열에 돌입하게 되었다. 강해졌다고 생각했는데 아이러니하게도 오히려 자신과 고든의 차이를 더욱 명확하게 실감하게 되었을 뿐이었다.

"대륙에서 저런 자가 다섯이나 있다는 말이잖아?"

지금껏 스스로의 힘에 자신 있어 하던 그녀였지만 정작 정점의 세계에 발을 들여놓자 이제야말로 진짜 시작이라는 것을 느꼈다.

"첫술에 배부를 생각이야? 소드 마스터가 된 지 수년이 지난 사람이야. 게다가 다른 소드 마스터들은 가지지 못한 용마력을 넌 가지고 있잖아."

그런 그녀의 어깨를 가볍게 툭 치면서 카릴이 성큼성큼 걸어갔다.

"용마력이란 게 얼마나 반칙인지 모르지?"

"……뭐?"

그때였다.

지금까지 잠자코 이들의 싸움을 지켜보기만 하고 있었던 카릴이 처음으로 움직였다.

[ɣɸω……!!]

자르카 호치가 마법을 읊는 외침이 들렸다. 조금 전 지면에서 솟구쳐 올랐던 거목들이 요동치며 갈라지기 시작했다.

쩌적…… 쩌저적……!!

둔탁한 소리와 함께 반으로 갈라진 거목의 끝부분이 거대한 입처럼 고든을 향해 쏟아졌다. 마치 토룡(土龍)과 같은 모습이었다.

"후우웁……!!"

고든은 자신을 향해 날아오는 거목들을 향해 있는 힘껏 모우터를 휘둘렀다. 축이 되는 다리를 비틀자 고든의 무게를 이기지 못하고 지면이 부서지듯 깨졌다. 맹렬한 전투 사이로 카릴이 마치 아무 일도 없다는 듯 빠져나갔다.

"애송이!!"

뒤늦게 고든이 그를 발견하고 소리쳤다.

"조금만 버티세요."

"……뭐?"

나뒹구는 거목을 헤치고 안으로 파고드는 카릴의 뒷모습을 보며 고든을 혀를 찼다.

"또 뭔가 꿍꿍이가 있었나 보군."

고든은 모우터를 잡은 손에 힘을 주었다.

콰드드드득……!!

그를 잡아먹을 듯 아가리를 벌리는 토룡들을 밀어내면서 소리쳤다.

"뭔지는 모르겠지만 할 거면 빨리해라. 이놈아!"

고든을 지나쳐 카릴은 옥좌 위에 섰다.

"자르카 호치. 엘프가 가진 마력은 대단할지 모르지만 당신은 싸움에 능한 사람이 아니란 걸 알겠다."

그러고는 나지막하게 말했다.

언데드들의 이질적인 모습의 이유를 깨달았다.

그들은 한 명 한 명이 소드 익스퍼트에 버금가는 몸놀림을 보여줬다. 그런 언데드가 족히 수십 마리. 아무리 괴물 같은 고든 파비안이라 할지라도 지칠 수밖에 없는 일이었다.

"게다가 부서져도 빠른 속도로 재생되는 바람에 나조차 속을 뻔했어. 사령술은 언데드를 조종하는 흑마법과 달리 생전의 힘을 되돌리는 것이니까."

[네놈…….]

카릴의 말에 자르카 호치의 눈빛이 살짝 떨렸다.

"망령의 성을 찾았던 모험가들의 능력이라고 생각했지. 그런데 자세히 살피면 이곳의 언데드들 중에 전투에 능한 자들은 몇 없어."

전투의 포문을 연 밀리아나와 싸웠던 검사와 몇몇 언데드를 제외하고는 대부분 한 방에 부서졌었다.

고든의 실력이 대단한 것도 있었지만 그렇다고 해도 너무 쉬웠다.

"그런 도중에 딱 한 번 고든의 공격을 피했지."

퍼어어억……! 파직!!

자르카 호치의 앞을 막아서는 언데드의 머리를 카릴이 검으로 날려 버렸다.

공중으로 핑그르르 솟구치는 잘린 두개골을 손으로 움켜쥐고서 그가 말했다.

"이놈들이 강한 이유는 따로 있다. 생전의 인간의 강자였기 때문이 아니라 엘프 특유의 움직임을 가지고 있기 때문이지."

그는 말을 끝냄과 동시에 잡고 있던 해골을 박살 내며 한 발자국 더 가까이 그에게 다가갔다.

"이놈아!! 그게 저놈을 공략할 방법이라는 거냐? 여기에 쌓인 시체가 엘프든 인간이든 그게 무슨 상관이야?"

고든이 카릴을 바라보며 소리쳤다.

"공략할 방법은 아니죠. 지금까지 녀석을 어떻게 하면 얻을까, 그 방법을 찾고 있었던 거니까."

"……뭐?"

카릴은 맹렬한 전투 속에서도 담담하게 대답하며 아무렇지 않게 자르카 호치의 마력보호막 위로 손을 얹었다.

우우우웅…….

그러자 보호막이 일렁였다.

"천 년의 마력이라……."

그의 손에서 흘러나오는 마력이 서서히 자르카의 보호막을 감싸기 시작했다.

"마력 싸움을 하고 싶어? 원한다면 내가 해주지."

쾅가가가가강……!! 쾅가강……!!

그 순간 자르카 호치의 마력보호막 위로 뜨거운 화염이 일렁이더니 마치 보호막을 녹여 버릴 것 같이 불타기 시작했다.

[이…… 이건?!]

지금까지 이들을 무시하듯 내려다보던 자르카는 처음으로 당혹스러운 표정으로 소리쳤다.

그때였다. 카릴의 머릿속에 나지막한 목소리가 들렸다.

[용마력이 반칙이라고? 그럼 용마력에 내 힘까지 가지고 있는 넌 뭐지?]

폭염왕의 말에 피식- 웃음이 나왔다.

[케에에에엑……!!]

토룡의 거목들이 카릴의 화염에 고통스러운 듯 비명을 지르기 시작했다. 분명히 마법으로 만들어진 그것들이 실제로 살아 있는 생명체처럼 행동을 보이자 에이단은 조금 이질적인 기분이 들었다.

"저거……."

"사령술은 결국 존재했던 것을 어떤 형태로든 간에 다시 불러들이는 것이니까. 저 거목도 진짜 과거의 나무일 수도 있겠지만 아닐 수도 있지."

"아닐 수도 있다는 말은……."

"모르지. 이곳에서 죽은 엘프들의 영령을 모은 것일지도."

"……."

고든의 말에 에이단은 어쩐 일인지 입안이 쓴 기분이 들었다.

"그건 그렇고 잘도 알아차렸군. 엘프 특유의 리듬이라니. 그런 건 엘프를 알지 못하면 모르는 것이잖아. 네 마스터는 엘프까지 본 적이라도 있는 거냐?"

"그, 글쎄요. 저도 잘……."

카릴의 강함에 매료되었던 자신이었지만 에이단은 고든의 물음에 이따금 카릴이 멀게 느껴지는 기분이었다.

"뭐……. 승패는 났군. 자르카 호치의 마력으로도 끌 수 없는 불꽃이라니. 저 정도의 마력이라면 제국의 마법사들조차 혀를 내두르겠어."

고든은 카릴이 용마력을 가졌다는 것을 첫 일전에서 알아차렸다. 하지만 지금의 모습은 그의 예상을 벗어나는 것이었다.

소드 마스터의 기준은 마나 블레이드에 4클래스급의 마력을 응축할 수 있는가이다. 물론, 재능이 있다면 검술의 정점에 선 자가 그 이상의 마력을 가질 수도 있을 것이다.

'저 불꽃……. 절대 평범한 게 아냐. 용마력이기 때문에 가능한 건가?'

대륙의 5대 소드 마스터 중에 크웰 맥거번이 4클래스를 넘어 5클래스에 가까운 마력을 가졌다고 알려져 있으니까.

하지만 카릴이 보여주는 마력은 단순히 크웰 맥거번처럼 마나 블레이드에 국한되어 있는 것이 아니었다.

검에 기대지 않은 순수한 마법(魔法).

'아냐. 후대 중 그나마 가장 짙은 용마력을 물려받았다던 디곤의 전(前) 수장이었던 뮤리아나조차 저렇게 마력을 운용하진 못했다.'

고든은 밀리아나의 생모를 떠올리며 생각했다.

'진짜 용이 아니고서야······.'

그는 말도 안 되는 상상에 피식 웃었다.

용마력이 속성의 경계를 뛰어넘어 각각의 속성을 모두 쓸 수 있다는 것은 안다. 하지만 아무리 다양한 속성을 쓸 수 있다 하더라도 결국 자신이 가진 마력 양의 한계를 넘을 순 없는 법.

'결국 저 녀석. 가지고 있는 패를 내게 끝까지 보이지 않았었군.'

고든 역시 카릴이 자신과 싸울 때 전력을 다한 것이 아님을 깨달았다. 아이러니하게도 두 사람은 제삼자와의 싸움에서 서로의 실력을 체감하고 있었다.

"괘씸한 놈. 쓸데없이 고생시키게 하는군."

투덜거리듯 말하지만 어쩐지 고든은 싫지만은 않은 눈치였다.

[네놈······!!]

자르카 호치는 당혹스러운 표정으로 말했다.

"쉿. 조용히. 너라면 알겠지. 이 마력 속에 담긴 힘이. 설령 죽었다 하더라도 엘프라면 말이야."

[어떻게…….]

엘프는 그 어떤 종족보다 가장 정령과 밀접한 종족이었으니까. 자르카 호치는 화염 속에서 폭염왕의 기운을 분명하게 느꼈을 것이다. 놀랍게도 고든의 매서운 공격에도 멀쩡했던, 난공불락으로만 보였던 그의 마력보호막이 정령력에 반응하며 허물어졌다.

파아앗……!!

보호막이 깨지자 자르카 호치는 비틀거리며 뒤로 물러섰다.

"엘프는 엘프야. 너희들의 마력이 정령력을 기반으로 구축되어 있단 말이 맞나 보군. 상위 존재의 힘에 이렇게 흐트러지는 걸 보니."

게다가 숲의 기운이 강한 엘프에게 라미느의 화염은 상성상으로도 극악이었다.

"리치가 되어서도 마력의 근본은 그대로라니……. 네가 쓰는 사령술처럼 너 역시 죽어서도 생전의 끈을 놓지 못한 건가. 하긴, 그러니 이런 웃긴 짓거리를 하고 있겠지."

카릴은 진득하게 흘러내리는 보호막의 잔해를 털어내며 그에게 말했다.

[저리 꺼져!!]

그의 주위로 마력이 흔들렸다. 비록 보호막은 깨졌지만 천년의 마력은 여전히 그에게 남아 있었다.

[크아아아아……!!]

검은 마력이 날카로운 창이 되어 카릴을 향해 쏟아졌다. 공기가 오염되는 느낌.

창날에서 흘러나오는 독기가 그의 코를 찔렀다. 그것은 엘프의 마력이 아닌 리치(Lich)의 사령술이었다.

"조, 조심……!"

에이단이 그 광경을 보며 소리쳤다.

하지만 자신을 향해 날아오는 열일곱 개의 검은 창날을 바라보며 카릴은 고개를 내저었다.

"이번엔 검은 마력? 사자(死者)가 되든지 엘프로 남을 것인지 둘 중에 하나만 해. 자르카 호치."

쿵! 쿠쿵! 쿵-!!

여덟 개의 검은 창이 바닥에 박혔을 때 카릴은 더 이상 그 자리에 있지 않았다.

어느새 자르카 호치의 뒤로 돌아간 그가 낮은 목소리로 말했다.

"위력은 강하지만 너무 느려."

[……!!]

"널 지키던 엘프의 보호막은 사라졌다. 네가 사자(死者)로서 내게 맞선다면 나 역시 그렇게 해주지."

파지지직…… 파지직……!!

카릴의 아그넬이 빛을 뿜어냈다.

지금까지는 보지 못한 보랏빛의 전격을 가진 검기.

빛과 어둠. 양면의 힘을 동시에 가지고 있는 비전력, 아케인(Arcane)의 힘이 자르카 호치를 꿰뚫었다.

[크아아아아!!]

아찔한 통증이 그의 몸을 휘저었다. 이미 살아 있는 육체가 아닌 리치임에도 불구하고 그는 고통을 느끼는 듯했다.

[비전력……? 네가 어떻게 알른의 힘을…….]

자르카 호치는 카릴을 바라보며 말했다. 그가 들고 있는 스태프가 가볍게 떨렸다.

공중에 떠 있는 검은 창의 창극이 심하게 요동쳤다.

"그를 아나?"

[……냉정하고 이기적인 놈이지.]

자르카의 말에 카릴은 비소를 지었다.

"정확하네. 부정하진 않겠어. 그런데 죽은 녀석에게 내가 선물할 건 비전력이 아냐. 단지 네가 블레이더의 일원인지 확인하고자 이 힘을 쓴 거니까."

[……뭐?]

"역시 넌 소멸시키기엔 아깝다."

푸욱-

카릴이 반대쪽 주먹을 자르카 호치의 옆구리에 박아 넣었다.

[……!!]

그 순간 자르카 호치는 당혹스러운 표정으로 소리쳤다.

"맞아. 미스릴이야. 현존하는 광물 중에 마(魔)를 퇴치하는

데 가장 강한 힘을 가졌지. 빛의 종족이라 불리는 너희 엘프가 사랑하는 금속이잖아?"

어둠 속에서 카릴의 입꼬리가 올라가는 것이 선명하게 보였다.

"우습지? 엘프의 갑옷과 엘프의 검 가진 자가 인간이라니."

서컹-!!

카릴이 자르카의 옆구리에 찔러 넣은 주먹에 힘을 주었다. 그러자 그의 건틀렛에서 날카로운 날이 튀어나와 박혔다.

[컥…… 커커컥……!!]

자르카가 고통스러운 호흡을 토해냈다. 검이 박힌 허리에서 타들어 가는 검은 연기가 솟구쳐 올랐다.

츠즈즉…… 츠즉……!!

썩은 악취와 함께 자르카 호치의 몸이 부들부들 떨렸다. 카릴이 그런 그의 모습을 바라보며 박아 넣은 검에 다시 한번 힘을 주었다.

[아아아악!!]

비명이 터져 나오면서 고통에 그의 마력이 옅어지자 망령의 성 자체가 흔들렸다.

[네…… 네놈!!]

자르카 호치가 의식을 잃지 않고 굳은 얼굴로 힘겹게 카릴의 어깨를 부여잡았다.

빠득-

해골에 붙어 있는 몇 안 되는 이빨이 부딪히면서 소리를 냈다.

그 순간 카릴은 망설임 없이 건틀렛 소드를 뽑았다. 그러자 피처럼 끈적끈적한 검은 액체가 뚫린 상처 밖으로 흘러내렸다.

[헉…… 허억…….]

검을 뽑자 그제야 자르카는 숨을 토해냈다.

"엘프와 노움이 사이가 안 좋은 건 알지만 이제 더 싫어지겠어. 사실 이 검을 준 것도 노움이거든."

[빌어먹을…….]

밀리아나와 에이단은 카릴의 모습을 바라보며 마치 자신이 검에 찔린 것처럼 시큰한 기분에 몸을 떨었다.

"자르카 호치. 네 어쭙잖은 놀이에 내가 맞춰주고 있잖아. 네가 엘프의 시체에 인간의 탈을 씌웠으니 인간인 내가 엘프의 탈을 써서 마를 물리쳐야지."

카릴의 말에 모두가 바닥에 너부러져 있는 시체들을 바라봤다.

"죽은 자들이다. 천 년이나 지난 그들을 붙잡고 있는 너야말로 꿈을 꾸고 있는 거지."

[가…… 감히……!]

자르카 호치는 토해내듯 소리쳤다.

하지만 카릴은 여전히 차가운 목소리로 말했다.

"넌 이런 게 재밌나?"

서걱-!!

카릴이 다시 한번 미스릴로 된 건틀렛 소드를 자르카 호치의 척추에 박아 넣었다.

[……컥!!]

단말마의 비명과 함께 그의 몸이 바닥에 쓰러졌다. 그가 몸을 움직이려 할 때마다 허리에 박힌 검이 삐그덕 거리는 소리를 내며 울었다.

저벅- 저벅- 저벅-

카릴이 바둥거리는 그를 지나쳐 조금 전 그가 앉아 있었던 옥좌 위로 걸어갔다.

"한 가지 신경 쓰이는 게 있는데. 이건 누구지?"

다시 한번 모두의 시선이 그에게로 쏠렸다. 옥좌 옆에 세워져 있는 작은 액자 하나가 있었다.

조금 전 자르카가 보고 있던 그것이다.

[건들지 마……!!]

낡은 액자 속에는 드레스를 입은 아리따운 엘프의 모습이 그려져 있는 그림이 있었다.

카릴은 잠시 그것을 바라봤다. 환영이 풀린 뒤 다른 것들은 모두 세월의 힘에 낡고 부서졌음에도 불구하고 이 그림만큼은 마법의 힘이 남아 있는 듯 깨끗하게 머물러 있었다.

<퓌렐(Furrel). 티누비엘가(家)의 꽃.>

액자 틀에는 그림의 주인공인 듯한 여성의 이름이 적혀 있었다.

자르카 호치는 비틀거리며 기다시피 걸음을 떼며 카릴을 향해 다가갔다.

그때였다.

파직……!!

카릴이 가차 없이 액자를 밟았다. 유리가 깨지는 소리가 자르카 호치의 귀에 선명하게 들렸다.

[크아아아……!!]

사자(死者)일지라도 생전의 추억은 있는 법.

"……"

에이단은 너무 과한 것이 아닌가 하고 만류를 하려 했다. 하지만 난생처음 보는 차가운 카릴의 모습에 끝내 아무런 말도 하지 못하고 그저 지켜볼 뿐이었다.

"엘프국은 사라졌다. 이제 어린애 같은 꿈에서 깨라. 자르카 호치."

[네…… 네 녀석이……!! 그게 무엇인지 아느냐!!]

"몰라. 알고 싶지도 않고."

카릴은 표정 하나 변하지 않고 대답했다.

카앙……!!

그러고는 얼음 발톱을 거꾸로 세워 바닥에 꽂았다.

"누구나 잃은 것이 있다."

전생을 살았고 억겁의 시간을 탑 속에 갇혀 시간을 거슬렀던 카릴은 그 말의 의미를 누구보다 잘 알았다.

[너희가 내게서 빼앗은 것들을…… 이제는 죽어서까지 빼앗으려 하는 것이냐.]

자르카 호치는 떨리는 목소리로 말했다. 그의 낮은 중얼거림에서 액자 속 존재를 가늠할 수 있었다.

연인? 가족?

하지만 무엇이든 중요치 않았다. 소중했다는 사실만은 명확히 알 수 있으니까.

"인간이 엘프의 땅을 더럽혔다는 것을 인정한다. 인간이 원망스러운가? 원망스럽겠지. 하지만 그들을 대신해서 내가 사과할 생각은 없어."

얼음 발톱에서 흘러나오는 차가운 한기가 망령의 성의 사기(死氣)를 몰아내듯 뿜어져 나왔다.

"천 년 전의 인간들을 내가 막을 순 없으니까. 네게서 인간들이 빼앗은 것이 뭔지 난 모른다. 하지만 죽은 엘프의 시체에 인간의 탈을 씌워서 우리를 공격해 봐야 우린 아무런 감흥도 없어."

카릴은 쓴웃음을 지었다.

"동족을 죽이는 데 인간만큼 익숙한 족속도 없으니까. 그런 것에 고통받는 건 너처럼 깨끗한 엘프에게나 통하는 일이지."

[…….]

냉기는 이제 자르카 호치의 뺨을 어루만지는 것처럼 그의 주위를 감쌌다.

"나는 너에 대해서 아는 것은 없지만 적어도 이것 하나만큼은 안다."

카릴은 천천히 일어나 바닥에 꽂았던 얼음 발톱을 뽑아 자르카 호치를 향해 겨누었다. 언뜻 보기에는 목을 베는 것처럼 보였지만 검날은 천천히 움직여 그의 어깨에 닿았다.

"이 말은 사실 다른 녀석에게 하려고 했던 건데……. 천하의 리치(Lich) 자르카 호치가 천 년 전 엘프일 줄이야."

스으으으윽…….

차가운 냉기가 자르카 호치의 몸 안에 스며들며 갈비뼈 안쪽에 심장처럼 빛나는 녹색의 구체가 푸르게 변하며 얼기 시작했다.

"이 검이 널 인도할 것이다. 날 따라라. 그럼 이런 소꿉장난이 아닌……."

그의 말에 자르카 호치가 고개를 들었다.

"멸망한 엘프국을 다시 세울 수 있도록 해줄 테니까."

카릴의 목소리가 냉기를 타고 망령의 성안에 울려 퍼졌다.

"그게 네가 해야 할 과거의 인간들에 대한 진짜 복수다."

황궁(皇宮), 태양홀.

"그래, 크로멘은 좀 어떠한가."

타이란 슈테안은 낮은 목소리로 말했다.

"며칠 밤을 지새우시다……. 어젯밤에 겨우 잠이 드셨습니다. 교단의 사제들이 안정을 취할 수 있으시도록 축복을 걸어 드리고는 있으나……."

태양홀 안에 그의 거친 숨소리가 들릴 때마다 무릎을 꿇고 있는 대신은 소리를 죽이고 긴장된 얼굴로 마른 침을 삼켰다. 흰머리가 희끗희끗 보이는 노년의 남자 역시 제대로 잠을 자지 못한 듯 꼴이 말이 아니었다.

"며칠 밤을 지새우다, 라……. 그게 자네가 내게 할 얘기라 생각하는가."

"소…… 송구하옵니다! 폐하!"

대신은 이마를 땅에 박듯이 무릎을 꿇고 허리를 숙이며 말했다.

"어째서 갈수록 상태가 악화되는 것인가!! 궁정치유사들은 도대체 뭘 하고 있느냔 말이야!!"

그의 옆에 있던 황후가 거들 듯 날카로운 목소리로 추궁했다.

그녀의 사십 대라고는 믿기지 않을 정도로 탱탱한 피부와 광채가 나는 외모는 여전히 이십 대라고 해도 믿을 수 있을 만큼 아름다웠다.

하지만 그 미모를 유지하기 위해 얼마나 많은 것을 그녀가 행했는지는 굳이 설명할 필요가 없었다. 항간에 떠도는 소문으로는 혹 마법에까지 손을 댔다는 말도 있었지만 신하 된 도리로서 황가(皇家)를 조사하는 것은 말도 안 되는 불경죄. 그저 나날이 아름다워지는 황후의 모습을 감탄하는 자와 흘러가는 세월을 집요하게 붙잡는 그녀의 모습을 두려워하는 자로 나뉠 뿐이었다.

"화…… 황공하옵니다."

대신은 황후의 얼굴을 제대로 보지 못한 채 떨리는 목소리로 말했다.

"됐다. 자네 실력을 모르는 것은 아니니."

황제의 앞에 고개를 조아리고 있는 자는 오랫동안 자신의 건강뿐만 아니라 황자들의 건강까지 돌봤던 황궁 수석 치유사였다. 이미 수십 년을 봐왔던 자였으니 사람을 가리는 타이란 슈테안조차 이 노인만큼은 믿을 수 있었다.

"황자들이 남부에서 돌아온 지 얼마나 되었지?"

황제가 고개를 돌렸다.

"크로멘 황자님은 베스탈 후작령에서 올리번 황자님과 함께 황궁에 입궁하신 지 이제 일주일이 조금 넘었습니다. 루온 황자님께서는 아직 입궁하시지 않으셨습니다."

낮고 굵은 중저음의 목소리가 옥좌 뒤에서 대답했다. 거칠어 보이지만 그 안에 청명한 맑음이 있어 그의 마력이 얼마나 깨끗한지 증명해 주고 있었다.

스으윽…….

어깨에 걸친 망토가 가볍게 흔들렸다.

"폐하."

놀랍게도 그는 국경에 있어야 할 청기사단의 단장인 크웰 맥거번이었다.

황제는 카릴과의 거래 이후 그것을 이행하지 않고 황자들을 남부로 보냈다. 그 결과 결국 루온 황자와 트윈 아머가 격돌하게 됨으로써 이스트리아 삼국을 공격하지 말라는 카릴과의 계약은 무산되었다.

하지만 타이란 슈테안조차 예상하지 못한 일이 있었으니 루온이 트윈 아머에서 대패를 해버린 것이다.

"1황자란 녀석이 동생들이 모두 돌아왔는데 아직도 브레라도에 머물러 있다니……. 쯧."

루온의 패전을 보고 받은 황제는 이후 크웰 맥거번을 다시 황궁으로 불러들였다. 이유는 제국 일곱 기사단의 총단장인 벨린 발렌티온의 노환으로 궁을 돌보기 힘들어 그 후임으로 크웰을 지목했다는 것이다.

"……."

하지만 이미 카릴과의 일을 알고 있는 크웰은 내쳤던 자신을 다시 황궁으로 불러들인 이유가 그런 우스운 핑계 때문이 아니라는 걸 알았다.

볼모였다.

'폐하께서는 어째서…….'

대륙제일검이라 불리는 자신이, 그것도 충성을 맹세한 자신의 나라의 볼모라니…….

우스운 꼴이 되었지만, 세상에는 검으로 해결할 수 없는 일도 많았다.

'설마 카릴이 두려우신 것인가.'

하지만 크웰은 고개를 저으며 자신의 생각이 어리석은 것이라 생각했다. 말도 안 되는 일이었으니까.

"흐음……."

"올리번은?"

"오늘도 크로멘 황자님의 침실에 계십니다. 3황자님께서 계속 찾으셔서……. 아무래도 남부에서 함께 보낸 시간이 있어서 그런 듯싶습니다."

크웰의 말에 황후는 낮은 한숨을 내쉬었다.

"그래도 2황자가 있어서 다행이네요. 남부에서 그 어린아이가 얼마나 고생했겠어요. 그래도 2황자가 크로멘을 잘 보살펴 주었나 봅니다."

황후는 황제에게 말했다.

어머니로서 하는 다정한 말처럼 들리지만, 사실 자신과 피가 섞이지 않은 올리번을 그녀가 좋아할 리 만무했다. 그녀가 그렇게 말하는 이유는 당분간 크로멘 때문에 올리번이 움직이지 못할 것을 확신하는 안도에서 오는 말이었다.

'이대로라면 루온에게 다시 기회가 있다.'

트윈 아머에서 대패로 인해 황제의 눈 밖에 난 아들이 다시 당당하게 돌아올 수 있도록 그녀는 무엇이든 할 생각이었다.

"폐하. 하지만 이 모든 게 2황자 때문에 일어난 일입니다. 그 아이가 폐하께서 자리를 비운 사이에 실수만 하지 않았어도 크로멘이 저리될 이유도 없었습니다."

그녀는 1, 3황자와 달리 단 한 번도 올리번을 이름으로 부르지 않았다.

"유년 시절엔 누구나 실수를 하는 법이오. 무릇 황제가 되려면 과감한 결단도 필요한 법."

"하오나 이게 무슨 난리 옵니까. 미천한 야만족들을 상대로……"

"그만. 황제란 명령을 내리는 자이지 명령을 수행하는 자가 아니오. 잘잘못을 따진다면 2황자의 명령을 제대로 수행하지 못한 려기사단에게 있겠지."

타이란 슈테안은 턱을 괸 채 낮은 목소리로 말했다.

"애초에 이렇게 크게 벌일 일도 아니었소. 나라면 샘에 가기 전에 디곤부터 쓸어버렸을 테니까."

"……."

그의 말에 황후는 더 이상 아무런 말을 하지 않았다. 황제라면 충분히 그러고도 남을 위인이었으니까.

"역시……. 아직 어린아이들에겐 조금 어려웠던 일일지도 모르겠군."

예상했다는 듯한 황제의 말에 황후는 살짝 불안한 듯 말했다.

"아직 루온이 있사옵니다. 폐하의 말씀대로 한 번의 실수는 누구에게나 있는 법. 아직 그 아이에게 남은 병력이 있지 않습니까."

"그렇고. 황후의 말대로 루온에게 아직 병력이 남아 있지. 그 아이가 과연 제국의 황자로서 위엄을 보일지 아니면 가장 부끄러운 황자가 될지는 두고 볼 일이야."

"……."

"다만."

타이란 슈테안은 황후와 크웰 맥거번 두 사람을 바라봤다. 아이러니하게도 한 명은 1황자를 다른 한 명은 2황자를 지지하는 이들이었다.

그는 경고하듯 말했다.

"이번 일을 통해 혹여 황자 중에 누구에게 변고가 생긴다면 이번 일에 대한 책임은 아비인 내가 친히 따져야겠지."

어째서일까. 그의 말이 두 사람에게 자식을 걱정하는 아버지의 목소리가 아닌 오히려 빌미를 만들기 위해 기회를 엿보는 짐승의 울음 같이 들렸다.

"형님……."

두꺼운 암막 커튼으로 빛 한 점 들어오지 못하게 막은 어두운 방에 낮은 목소리가 들렸다.

"아버님께서 실망하시겠지요? 고든 경이 떠난 것도 모자라

돌아오자마자 이렇게 누워 있으니 말이에요."

크로멘은 고개를 돌렸다.

"지금까지 황궁 밖을 나서본 적이 없지 않으냐. 아무래도 남부의 생활이 네게 맞지 않았나 보다. 그저 물갈이하는 것뿐이니 금방 일어날 거야."

따뜻한 올리번의 말에 막내의 눈시울이 붉어졌다.

남부에 돌아오자마자 급격하게 나빠진 3황자의 건강에 황궁은 지금 침울한 분위기였다.

"해야 할 일이 많으신데……. 제가 형님의 발목을 잡는 것 같습니다. 어서 가보세요."

"형님께서 남부 토벌을 준비하시고 계시지 않으냐. 걱정 말거라."

"하오나……."

"형제끼리 경쟁을 해서 무엇하겠어. 나는 그러고 싶지 않다. 너는 그저 회복하는 것에만 집중해. 알겠느냐."

"형님……."

올리번은 크로멘의 손을 잡았다.

"빨리 낫거라. 자, 약을 먹을 시간이다."

그는 손수 크로멘을 안아 침대에 앉히고는 협탁 위에 놓인 약을 건넸다.

"물도 많이 마시고."

약을 털어 넣고 크로멘은 올리번이 건넨 컵을 받아 꿀꺽꿀꺽 마셨다.

"……."

올리번은 잔을 모두 비운 것을 확인하고서 천천히 고개를 끄덕였다.

"잘했다."

"형님께서 계셔서 너무 다행입니다."

다시 침대에 누운 크로멘이 진심으로 그에게 말했다.

"녀석……."

울먹이는 그를 바라보며 올리번은 옅은 미소를 지으며 말했다.

"마음 편히 가지렴. 내가 끝까지 너와 함께할 거니까."

그의 말에 잡고 있던 작고 가녀린 손이 미세하게 떨렸다.

그 순간, 올리번은 조금 전 자신이 내뱉었던 말과 다른 의미로 침대에 누워 있는 동생의 끝을 곧 함께하리라 직감했다.

"편히 쉬거라. 내 동생아."

그는 더욱 힘을 주어 크로멘의 손을 꽉 잡아주었다.

탈칵-

침실의 문이 열리고 피로한 얼굴로 올리번이 나왔다.

"후우……."

"감사합니다, 황자님. 덕분에 크로멘 황자님께서 심신의 많은 안정이 되는 듯싶습니다."

복도에 서서 기다리던 케플란은 오랜 시간 미동도 하지 않고 흐트러진 기색 없이 그에게 말했다.

"늦었는데 아직 자지 않았나. 크로멘 때문에 오히려 자네의 건강이 걱정되는군."

"송구하옵니다."

"별말을. 형으로서 당연히 해야 할 일이야."

올리번은 그런 노집사를 향해 편안한 미소를 지으며 말했다.

"필요하신 것이 있으시면 말씀해 주시기 바랍니다. 바로 준비해 드리겠습니다."

"그래? 그렇다면 지금 당장 손을 씻을 물 좀 받아 주겠나?"

"예?"

복도에 서서 올리번은 여전히 웃는 얼굴로 말했다.

"지금 바로 씻고 싶어서 말일세."

마치 더러운 것이라도 묻은 양 그는 손수건으로 손을 닦으면서도 찝찝한 듯 말했다.

그건.

크로멘을 잡았던 손이었다.

[헛소리⋯⋯.]

망령의 성에서 들리는 자르카 호치의 목소리엔 힘이 들어가지 않았다. 그의 허리에 박힌 검이 삐그덕 거리며 뼈가 갈리는 소리가 소름 돋게 들렸다.

"티누비엘가(家)라……. 과거 엘프국의 왕가의 핏줄이 그런 이름이었던 것 같은데. 자르카 호치. 몰락한 그들과 관련이 있는가?"

고든은 그림의 하단에 적혀 있는 이름을 보면서 말했다.

[인간 따위가 그분의 존함을 함부로 입에 올리지 마라.]

자르카는 으르렁거리듯 말했다.

하지만 척추에 박힌 미스릴 소드는 마치 고문을 하듯 그가 말을 할 때마다 더 깊게 박혀 고통스럽게 만들 뿐이었다.

"웃긴 놈이군. 엘프가 사령술을 익힌 것도 솔직히 이상한 일이지만……. 네가 고작 미스릴 소드 하나에 그렇게 움직이지 못하는 건 더 말이 안 되는데? 어디서 약을 팔아?"

고든은 자르카가 펼쳤던 마력보호막의 강도가 자신의 공격에도 부서지지 않았다는 것을 상기하며 그가 뭔가 꿍꿍이가 있다고 생각했다.

[멍청한……. 이건……. 컥!!]

하지만 그가 뭔가를 말하려고 할 때 카릴이 덤덤하게 그에게 박힌 미스릴 소드에 힘을 주었다.

건틀렛에서 튀어나온 검이 분리되면서 이제는 검날 끝까지 자르카의 척추 안으로 박혀 들어갔다. 그의 몸을 구성하는 희뿌연 영체 안쪽으로 흉추와 요추 사이를 찌른 검이 빛났다.

[컥…… 커컥…….]

자르카는 고통스러운 듯 낮은 탄성을 질렀다.

고든 파비안은 여전히 이해가 안 된다는 듯 그를 바라봤지만 미스릴 안에 담긴 힘이 사실은 마력이 아닌 라미느의 정령력이라는 것을 그가 알 리 없었다.

[네놈…….]

사령술로 리치가 되었지만 자르카의 마력은 결국 생전의 엘프와 같은 것. 정령력을 기반으로 한 그의 마력은 라미느의 힘 앞에서는 속수무책이었다.

카릴은 그런 그를 바라보며 검지를 들어 자신의 입술에 가져가며 조용히 하라는 제스처를 취했다.

[…….]

자르카는 못마땅한 표정을 지었지만 카릴의 명령을 결국 따를 수밖에 없었다.

다른 이들에게는 보이지 않지만 그의 눈에는 카릴의 주위에 타오를 듯 휘감고 있는 라미느의 형상이 선명하게 보였기 때문이다.

"뭔가 묘한 분위기네요."

"그러네."

카릴의 난입으로 죽일 듯 싸우던 종전의 상황이 순식간에 종결되고 성안에는 침묵이 흘렀다.

"천천히 이야기를 하자고, 자르카. 천 년의 간극을 한 번에 좁히는 건 쉬운 일이 아니니까. 안 그래? 엘프국이 어떻게 되었는지, 에리얼 우드를 습격한 인간이 누구인지 그리고 엘프인 네가 사령술은 익히게 된 계기까지……. 궁금한 게 너무 많거든."

"그런 게 뭐가 중요해? 그 영혼샘의 정수인가 하는 게 어디에 있는 지나 말해. 먹고 올 테니까."

"조금 전에 목숨에 연연하는 게 꼴사납다고 하지 않으셨어요?"

고든의 뺨이 살짝 꿈틀거렸다.

그런 그의 모습에 카릴은 피식 웃으면서 자르카에게 다가갔다. 자르카 호치는 자신도 모르게 흠칫 놀라며 몸을 떨었다.

"가만히 있어."

하지만 그런 그를 지나쳐 카릴은 그의 척추에 박아 넣은 미스릴 소드를 뽑았다.

내색하지는 않았지만 자신을 조여오던 고통이 사라지자 자르카의 옅은 얼굴에도 조금은 편안함이 깃들었다.

[조금 전에 한 말이 사실이더냐.]

그러자 그가 드디어 참았던 물음을 꺼내었다.

"무슨?"

[엘프국을 재건할 수 있다는 말. 그 말은 살아 있는 엘프가 있다는 뜻으로 해석해도 되느냐. 아니…….]

"티누비엘의 핏줄이 남아 있냐고?"

카릴의 말에 자르카 호치의 목이 살짝 떨렸다. 육체가 없어서 마른 침을 삼킬 리 없는데 천 년이나 지난 지금도 그는 생전의 습관을 버리지 못한 듯싶었다.

하긴 그렇게나 과거의 끈을 놓지 못한 자이니 이런 식으로 망령의 성을 만들어 살아온 것일지도 모른다.

"몰라."

[……뭐? 지금 나랑 장난하자는 거냐?]

카릴의 대답에 자르카 호치의 검은 마력이 스멀스멀 피어오르기 시작했다.

"내가 네게 박힌 검을 뽑아준 은인이라는 걸 잊었나 보지?"

[큭……!]

하지만 카릴이 그의 머리를 움켜쥐며 마력을 뽑아내자 자르카의 검은 마력은 온데간데없이 사라졌다.

"사실 검을 박은 것도 마스턴데 말이죠."

그 모습을 보며 에이단이 밀리아나에게 속삭였다.

"저 인간은 저러고도 남지. 날 가차 없이 두들겨 팼는걸."

"에이, 저하고 첫 만남에는 사람도 죽였는데요? 그것도 다섯이나."

에이단이 다섯 손가락을 쫙 펴면서 말했다.

"와……. 장난 아니네."

"거기 두 사람. 칭찬은 당사자가 없는 곳에서 하도록 해."

"크흠."

카릴의 한마디에 에이단과 밀리아나는 헛기침을 하며 딴청을 피웠다.

"엘프의 후예가 아직 살아 있는지는 나도 몰라. 하지만 알고 있는 자를 알지."

[그게 누구지?]

"그걸 도와주면 너도 날 돕겠나?"

[대답에 따라서 달라지겠지.]

"자르카. 아직 이해가 안 가나 본데. 대답은 해주겠지만 네가 달라질 건 없어."

[컥…… 커컥……!!]

"왜냐면 난 네 힘이 필요하거든. 그래서 무슨 수를 써서라도 얻을 생각이야."

카릴의 짙은 화염의 기운이 자르카 호치의 전신을 휘감았다. 인두로 지지는 듯한 뜨거운 고통에 그는 소리쳤다.

[조…… 좋다. 일단 말해! 대답은 해주겠다고 했잖아?]

"물론."

카릴은 잡았던 손을 놓았다.

[헉…… 헉…….]

자르카 호치는 그제야 참았던 숨을 토해냈다. 카릴은 그런 그를 내려다보며 담담한 목소리로 말했다.

"백금룡(白金龍), 나르 디 마우그."

"……!!"

"……!!"

대륙 최강의 생명체라 할 수 있는 드래곤의 이름이 나오자 카릴의 말을 듣던 사람들이 긴장된 얼굴로 그를 주목했다.

"그가 엘프의 핏줄이 아직 살아 있는지 알고 있을 거다."

[크…… 크큭…….]

그 순간.

[나르 디 마우그? 그래, 그자라면 알지도 모르겠지.]

어찌 된 영문인지 카릴의 말에 자르카 호치는 차가운 냉소를 지으며 비웃었다.

"그 반응은 뭐지?"

[너야말로 아무것도 모르는군. 에리얼 우드를 이 꼴로 만든 게 누군지 궁금하다고 했지? 누군 것 같아?]

그는 카릴을 향해 날카롭게 말했다.

[방금 네가 말한 그 백금룡이 한 짓이다.]

"……뭐?"

그 한마디에 담담했던 카릴의 얼굴에 처음으로 당혹감이 어렸다.

to be continued

나는 볼 놈이다

글쓰는기계 게임 판타지 장편소설
WISHBOOKS GAME FANTASY STORY

판타지 온라인의 투기장.
대장장이로 PVP 랭킹을 휩쓴 남자가 있다?

"아니, 어디서 이런 미친놈이 나타나서……."

랭킹 20위, 일대일 싸움 특화형 도적, 패배!

"항복!"

'바퀴벌레'라고 불릴 정도로
끈질긴 생명력을 가진 성기사조차 패배!

"판타지 온라인 2, 다음 달에 나온다고 했지?"

평범함을 거부하는 남자, 김태현!
그가 써내려가는 신개념 게임 정복기!